KB054180

그대라는
문장

그대라는 문장

초판 1쇄 발행 · 2011년 2월 13일
초판 4쇄 발행 · 2021년 7월 26일

지은이 · 손세실리아
펴낸이 · 황규관

펴낸곳 · 도서출판 삶창
출판등록 · 2010년 11월 30일 제2010-000168호
주소 · 04149 서울시 마포구 대흥로 84-6, 302호
전화 · 02-848-3097
팩스 · 02-848-3094
홈페이지 · www.samchang.or.kr

ⓒ손세실리아, 2011
ISBN 978-89-90492-94-4 03810

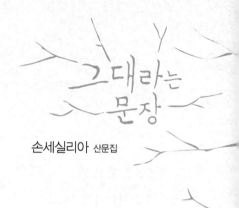

그대라는
문장

손세실리아 산문집

삶창

때로 흐느꼈고
수시로 시큰거렸으며
더러는 킬킬대며 써내려가다 보니
어느새 쉰 편이다
말이 과했다

편편이 고해성사에 다름 아니던 것
한데 묶어 놓으니 고해소告解所다

난데없이 불쑥 쏟아낸 내밀한 고백에
끝까지 귀 기울여준 그대
잡은 손 놓지 않은 그대

토닥토닥 등 두드려 위로해준 그대가 있어
가능했던 일이다

나에게로 와 문장이 되어준 모든 인연에게
무릎걸음으로 다가가 입맞춤하는 새벽이다

사랑한다
사랑한다

2011년 봄, 제주 조천 '시인의 집'에서
손세실리아

차례

제1부 달하 노피곰 도다샤

황홀한 업

내 안에 호수가 있다

찢어진 청바지에 선글라스 차림으로 집을 나선다. 자판기 커피 뽑아 마실 백동전 네 알과 읽다 만 시집을 챙겨 나오느라 오늘도 역시 선크림 바르는 일과 모자 챙기는 일을 깜빡 잊고 말았지만 3층쯤 내려온 엘리베이터를 9층까지 되짚어 올라가는 일이 번거로워 그만두고 만다. 사실은 귀찮기도 하거니와 꾸물거리다가 자칫 다른 일에 발목 붙들리기라도 하면 하루 산책을 놓치게 될 공산이 크기 때문에 일단 집으로부터 한 발짝이라도 멀어지고 보려는 꼼수다. 아파트단지 산책로를 구불구불 지나 신호가 그리 길지 않은 횡단보도를 건너고 마두광장을 가로질러 사법연

수원 육교를 건너면 곧바로 호수공원이 펼쳐진다. 육안으로 찰랑거리는 물을 확인하기도 전에 숨쉬기가 한결 수월해진다. 바람이라도 불라치면 콘크리트 건물 외벽 시멘트 가루가 풀풀 날릴 것만 같은 신도시에서 이만한 공간을 곁에 두고 산다는 건 필시 대단한 호사임에 분명하다. 내 소유의 텃밭 한 자락, 정원 한 바닥 소유한 적 없지만 욕심 없다. 이만하면 됐다.

시집을 펼친다. 안면이 있거나 혹은 낯선 시인의 사유를 만난다. 자간과 행간에서 함묵으로 담금질한 시어들이 한꺼번에 우르르 쏟아져 나온다. 햇살보다 강렬하다. 그것들의 파편에 찔려 잠시 눈이 멀기도 하지만 더러 들고 나온 일이 짐스러울 때도 있다. 전방 장애물을 이따금 확인하면서 시집을 읽는 나를 사람들은 힐끔거리며 스쳐 지난다. 하지만 신경 쓰지 않은 지 오래다. 늪에 이르기 전까지 꽤 긴 산책로를 그렇게 걷고 또 걷는다. 그러다가 자판기가 놓인 아담한 광장에 이르면 커피를 뽑아 들고 지척에 있는 늪으로 간다. 부들, 수련, 부레옥잠, 갖은 야생초와 종아리 붉은 화살나무, 가물치와 물오리 떼, 물풀을 헤집고 오가는 자라와 피라미 등이 어느 하루도 동일하지 않은 풍경을 선사해준다. 물 위에 놓인 나무다리를 통과하는 기분이라니. 서늘하고도 황홀한 그 느낌을 고스란히 전달해낼 재간이 불행히도 내겐 없다. 어떤 문자나 언어로도 미진하다. 늪의 바람과 물기와 햇살이 매순간 나를 빚는다. 같고도 다른, 여전하면서도 여전하지 않은 나를 거기서 만난다. 두어 시간 호숫가를 거닐면서 사물과 완벽한 합일을 이루기도 하고 또 어느 순간 무념무상의 완벽한 해체를 경험하기도 한다. 그러고 나면 일상이 거짓말처럼 릴렉스해진다. 빗장이 풀린다.

갠지스 강, 화장터에서 生을 구하다

툴루는 서른 살이다. 갠지스 강에서 보트 투어로 먹고산다. 매해 열리는 보트경연대회에서 최고상을 세 차례나 거머쥐었을 만큼 건장한 사내다. 사업 운도 좋고 성실하고 심성도 착하고 용모도 수려한 반면 결혼 생활만큼은 순탄치가 못하다. 원래 병약하던 첫 아내는 둘째 아이 출산 직후 세상을 떠났고, 꽤 많은 지참금을 지불하고 데려온 두 번째 아내는 아이들 양육이 벅차다며 도망치고 말았단다. 몇 년을 홀아비로 지내다가 세 번째 아내를 들였는데 지금, 그녀가 몹시 아프단다. 신을 원망하지 않느냐 물으니 이렇게 말한다.

"나는 병든 그녀가 좋아. 아파서 도망칠 생각을 못 하니까. 오래오래 같이 살 수 있으니까."

그러면서 두툼한 입술 사이로 흰 치아를 드러내고 크게 웃는다. 일몰에 반사된 치아가 박꽃처럼 환하다. 금방이라도 우수수 쏟아져 내릴 것만 같아 위태롭다. 더 캐물으면 눈물을 쏟을 것 같아 이쯤에서 이야기를 접는다.

타다 만 시신 한 구가 강을 표류한다. 그슬린 인육을 까마귀가 부지런히 쪼아먹고 있다. 장작 살 돈이 부족하면 타다 만 채로 강에 던져져 날짐승과 물고기의 먹이가 되는데 이 일에 누구도 이의를 제기하지 않는다. 궁핍함을 미루어 짐작할 수 있다. 오싹할 만큼 명쾌한 장례 절차다. 머잖아 칡뿌리와 뱀과 들쥐에게 길을 내어줄 내 육신도 저와 다를 바 없다는 생각에 풍경을 외면하지 않는다. 삶으로부터, 모든 관계로부터 무연해지기를…… 눈물 거두기를. 식사를 마친 갈가마귀 떼 힌두사원 쪽을 향해 날아간다. 지상에 잠시 머물다 간 가난한 영혼을 배웅한다.

일몰을 감상할 수 있는 최적의 장소를 알고 있다며 부지런히 노를 젓던 툴루는 강 건너편 모래언덕 기슭 가까이 배를 부리더니만 다짜고짜 무릎을 꿇고 내 샌들을 벗겼다. 그에게 순순히 나를 맡긴다.

"지금 이렇게 평온해 보이는 모래사장이 몬순기후 때면 거대한 강을 이룬단다. 우리가 발 딛고 선 모래언덕도 범람한 강물이

삼켜버리곤 하지. 그럴 때 갠지스 강은 신의 노여움 같아. 두렵고 무서워. 자, 그건 그렇고 눈 감고 맨발을 땅에 내디뎌봐."

고분고분 따라 할밖에. 평온하다. 이대로 하냥 눈 뜨지 않아도 좋겠다. 얼마나 걸었을까. 그가 말했다.

"이제 그만 눈을 떠 태양을 배웅해주렴. 어때? 좀 전과는 사뭇 다르지 않아? 수많은 동양인을 만나봤지만 너처럼 슬픈 눈은 처음이야. 잊지 못할 것 같아. 살아온 날의 모든 상처로부터 네가 자유로워지기를 기도할게. 그리고 다시는 인도에 오지 마."

Delete 키에 자꾸만 손이 간다

"달하 노피곰 도다샤, 어긔야 머리곰 비취오시라, 어긔야 어강 됴리, 아으 다롱디리, 져재 녀러신고요, 어긔야 즌 대랄 드대욜 셰라, 어긔야 어강됴리, 어느이다 노코시라, 어긔야 내 가논 대 졈그랄셰라, 어긔야 어강됴리, 아으 다롱디리"

백제가요 「정읍사井邑詞」와 갑오동학농민혁명, 천년 고찰 내장사가 있는 정읍, 온화함과 반골의 기질이 뜨겁게 맞닿아 있는 정읍에서 나고 자랐다. 유년의 기억이 끊어진 필름처럼 부분 부분 잘려나갔다. 복기가 불가능하다. 그만큼 순탄치 못했다는 증거다. 고향 정읍엔 아픈 가족사가 있다, 라고 썼다가 화들짝 놀라

Delete 키를 누른다. 예상치 못했던 문장이다. 지워버리면 감쪽
같을 줄 알았는데 아니다. 삭제된 문장에 마음이 쓰여 글이 풀리
지 않는다. 휑하니 남겨진 공백을 그럴듯한 수사로 둘러댈 자신
이 없다. 우두커니 창밖을 응시한다. 아침부터 내리기 시작한 봄
비에 가로수 잎잎이 무겁게 처져 있다. 내 살아온 날도 저렇듯
물기 가득 배인 세월이었으리라. 기억하는 것만으로도 나, 여전
히 아프다.

"상처나 불행, 가난이나 절망 따위와는 거리가 멀 것 같은 사
람이 어떻게 시를 써요?"

가끔, 아주 가끔 이런 질문을 받는다. 난감하다. 물론 대답하
지 않는다. 필요성을 느끼지 못하기 때문이다. 설명이 필요한 관
계란 얼마나 상투적인가. 소모적이며 지리멸렬한가.

시인을 꿈꿔본 적 없다, 라는 말 앞에 못박듯 감히, 를 붙여야
겠다. 다시 말하면, 감히 시인을 꿈꿔본 적 없다, 가 된다. 살다
보니 시인이 되어 있었다. 운명인 모양이다. 아니, 너무 고상하
다. 팔자라는 표현이 더 적절하겠다. 숨을 곳이 필요했다. 내 말
에 귀 기울여줄 누군가가 필요했고, 내 이야기를 발설하지 않을
누군가가 필요했다. 왜냐고 묻지 않고 안아주는 무조건적 가슴
이 필요했다. 울다가 잠들 따뜻한 품이 필요했다. 숨통이 필요했

다. 시가 그러했다. 내 상처를, 아직도 무의식적으로 Delete 키에 자꾸만 손이 가는 내 상처를, 적당한 바람과 물기와 햇살로 말랑말랑하게 다시 빚어줬다, 준다, 줄 것이다. 감히 시인을 꿈꿔본 적 없으나 어느 결 시는 내 살점과 뼈대를 이루고 호흡이 되었다. 한때 나는 죽었으나, 오늘 나는 푸르게 살아 있다.

업이라면 과분한 업이다. 이토록 황홀한 업이 도둑처럼 내게 오셨으니, 엎드려 순응할밖에.

시 전문지 월간 『현대시학』

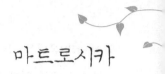

마트로시카

고대 켈트족 전설에 등장하는 가시나무새는 일생에 단 한 번 노래한단다. 벙어리처럼 묵묵히 살다가 죽을 때가 다가오면 자기 몸을 길고 날카로운 가시에 날려 죽어가면서 노래를 부르는데 그 소리가 소름끼칠 정도로 아름답다 하여 혹자들은 지고지순한 사랑에 비유하기도 하고, 혹자들은 치명적인 사랑에 비유하기도 한다. 하덕규의 〈가시나무새〉 노랫말에 이런 구절이 있다. "내 속엔 내가 너무도 많아"라는. 이즈음 내 심사와 비슷해선지 공감 백배다. 때로 가시나무새였다가, 때로 가시나무로 돌변하기도 하고, 복장 터지게 순정한가 싶다가도 세속적 욕망에 사로잡히기 다반사다. 순수와 타락, 선과 악, 자유와 속박 사이를 사우나의 냉탕과 온탕을 넘나들듯 하면서도 짐짓 무연한 척 군다.

아…… 대체 얼마를 더 살아야 과함도 모자람도 없이 의연해질까? 그런 날이 오긴 올까? 천만에 그럴 리 없다. 생각건대 나는 죽을 때까지 변덕이 죽 끓듯 할 테고, 수다스러울 테고, 시니컬할 테고, 게으를 테고, 줏대 없을 테고, 욱! 할 테고, 주변머리 없는 등 참으로 못나 빠진 구석에 질질 끌려가고 휘둘리며 구차하게 늙어갈 것이다. 하지만, 겨자씨만큼의 다정다감과, 고즈넉함과, 사려 깊음과, 함묵과, 진득함과, 염치, 연민… 등도 있으니 희망이 아주 없는 것은 아니다. 아니, 어쩌면 "내 속에 너무도 많"은 내가 나로 하여금 숙명적으로, 불가항력의 그 무엇으로 시를 쓰게 작용하고 있지 않나 싶다.

며칠 전, 지인으로부터 마트로시카를 선물 받았다. 인형 속에 작은 인형이 차례로 들어 있는 러시아 전통인형이다. 이것들 죄다 꺼내 줄줄이 늘어놓고 물끄러미 내려다보며 생각했다. 내 시도 이와 같기를, 끝인가 싶으면 끝이 아닌, 저 새끼손톱만 한 몸통 안에 마음의 눈으로만 볼 수 있는 마트로시카가 분진처럼 와글와글하기를…… 결코 바닥나는 일 없기를.

내 시는 때로 가시나무새였다가, 때로 마트로시카다.

다시 하덕규의 노랫말이다.

내 속엔 내가 너무도 많다.

시 전문지 월간 『현대시학』

풀꽃 한 송이도 거저 피는 법 없다

큰아이는 지역 소재 대학에 다닌다. 기숙사에서 생활을 하는 관계로 아이의 근황도 살필 겸 이따금 녀석의 미니홈피에 도둑처럼 들르곤 하는데 어느 날 다이어리에 남긴 단상을 읽고는 심장이 쿵! 하니 내려앉고 말았다.

"왜 태어났을까 지금 내가 이 자리에 있는 건 어떤 의미일까"

새내기 의학도로서 이것저것 고민도 많을 테고, 우리가 그 나이 때 가졌던 존재론적 고민을 성장의식처럼 거치고 있겠거니 싶으면서도 한편으론 고약한 두려움으로 인해 눈물이 왈칵 솟구치고 만다. 아무렇지도 않게 푸념처럼 내뱉은 "힘들어 죽겠다"는 말 한마디에도 억장이 무너지고 지레 겁에 질려버리고 마는 건 아직 누구에게도 차마 털어놓지 못한 유년의 기억 때문이리라. 열 살 소녀가 감당하기엔 너무 가혹한… 악몽과도 같았던.

나는 결손가정에서 성장했다. 곡절 많은 어머니 덕에 아버지도 생부와 양부 두 분이나 되고, 씨 다른 형제도 둘이다. 그들 중 하나는 생사는커녕 일면식도 없고, 남은 하나는 스물 몇 살에 나이 어린 누이가 보는 앞에서 스스로 목숨을 끊었다. 빌어먹을, 왜 하필이면 내 앞에서 그런 몹쓸 짓을 저질러야만 했는지 그땐 물어보지도 못했다. 그러기엔 너무 어렸고 충격이 컸다. 십대 후반, 자신을 버린 엄마에 대한 그리움으로 생부 집을 뛰쳐나와 재혼한 엄마 집에 얹혀 더부살이를 시작한 그는 어디서든 말썽꾸러기에 천덕꾸러기였다. 엄마와도 정을 쌓지 못한 그, 오갈 데 없어진 그가 선택한 길은 자원입대였고, 첫 휴가 나왔다가 탈영해 서너 해를 숨어 지내야만 했다. 네 활개를 쳐도 시원찮을 짱짱한 젊음을 그렇게 소진해버린 것이다.

내겐 고속버스와 남산 케이블카를 처음 태워준 오빠였고, 노란색 파카를 처음 사 입힌 오빠였으며, 구세군 화단에 데려가 달리아 꽃 앞에 쭈그려 앉혀놓고 흑백사진을 공들여 찍어준 단 하나뿐인 오빠이기도 했다. 지금 와 생각하니 성씨도 다른데다 탈영병이라는 게 창피하기도 했지만 오빠가 있어 세상이 더없이 든든하던 시절이기도 했다. 어느 날 엄마가 집을 비운 사이, 이웃집 아저씨와 말싸움이 벌어졌던가 보다. 말로는 도무지 당해낼 재간이 없던 아저씨가 "헌병대에 신고해버리겠다" 협박하자, 군법회의에 회부되는 게 죽기보다 공포스러웠던지 음독자살이라는 극단적인 행동을 취한 것이다. 차라리 그때 잡혀갔더라면 지금쯤 살아 있기라도 할 텐데… 다시는 돌아오지 못할 사선을 넘어서버린 오빠.

기업의 총수, 유명 연예인, 실직 가장, 사랑을 잃은 청춘남녀, 취업 재수생, 대학 입시생 등 죽음이 줄을 잇고 있다. 물론 여기서 군인도 예외는 아니다. 선임병과의 갈등, 고된 훈련, 낯선 환경에 적응하지 못해 방황하거나, 피폐한 가정사 때문에 자살이라는 극단적인 방법을 선택하고 마는 경우를 뉴스에서 종종 접하곤 한다. 그럴 때마다 내 모든 기억의 회로는 30여 년 전으로 되돌아가 공포와 고통으로 덜덜 떨고 마는 것이다. 장마철, 적출해 간 장기를 검시해 사인이 규명될 때까지 매장을 금한다는 군의관의 위압적인 지시에 따라 거적때기 덮어씌워 연탄창고에 방치해둔 시신에서는 구더기가 스멀스멀 드나들었다. 미색의 통통한 그것들에게 살점이 깡그리 파 먹힐까 봐 누가 시킨 것도 아닌데 빗자루와 쓰레받기를 챙겨들고 하루에도 수차례 들락거리며 비질로 쓸어 담아 도랑에 내다 버리며 무섬증에 사시나무 떨 듯 후들거리던…… 열 살 소녀. 반쪽에 지나지 않는다지만 그래도 오누이 간이라 피가 끌렸던 모양이다. 그 일이 있은 이후로 나는 '오죽했으면 죽음을 선택했을까' 라는 말에 절대 동조하지 않게 되었다. 자살은 선택한 이에게는 모든 것의 끝일 수 있겠으나, 그를 기억하는 모든 남겨진 이들에겐 순간순간 죽음보다 더한 생지옥일 수도 있음을 체험을 통해 알고 있기 때문이다.

최근 우리 사회가 자살을 미화하는 분위기로 흐르고 있는 건 아닌지 우려하는 소리가 높다. 특히, 유명 연예인의 자살을 보는 청소년과 청년들의 시각은 위험할 정도로 너그럽다. 심지어 죽음을 선택할 수밖에 없었던 그들의 결정을 존중하기까지 한다. '베르테르 효과' 라는 말이 있다. 자신이 모델로 삼거나 존경하던 인물 또는 사회적으로 영향력 있는 유명인이 자살할 경우, 그 사람과 자신을 동일시해서 자살을 시도하는 현상을 뜻한다. 즉, 자살도 전염된다는 얘기다. 자살은 분명 한 개인의 죽음으로 끝나지 않는다. 남겨진 가족과 교우들에게 치유 불가한 상처를 입히는 폭력 행위에 다름 아니다. 불치병, 난치병에 걸려 시한부 인생을 살고 있는 환우나 중증 장애우들을 보라. 그들도 살아가지 않는가. 얼마 남지 않은 생을 안타까워하며 하루하루 최선을 다

하지 않는가. 그러니 아무리 힘들어도 견뎌라. 버텨라. 극복하라. 죽음보다 더한 고통과 상처는 없나니 죽음을 택하는 우매함은 꿈도 꾸지 말아라. 세월 흐르고 머잖은 날, 지난날의 상처가 너를 키운 거름임을 알게 될 터이니 죽음의 유혹 따위, 지구 밖으로 뻥! 차버려라.

자신의 상처에 대해 시시콜콜 늘어놓는 이들을 보면 더없이 부러울 때가 있다. 타인에게 들려줄 수 있는 정도의 상처는 이미 상처가 아니기 때문이다. 일정 정도의 치유 과정을 거친 내공이 엿보이기 때문이다. 지금 내가 여기 꺼내놓는 유년의 상처 또한 어쩌면 말할 수 있을 만큼은 무뎌진 것 아니냐 혹자들은 되물을 수도 있겠다. 글쎄, 그럴지도 모르겠다. 하지만 이런 마음 아닐까? 죽고 사는 일을 간단하게 생각하는 젊은이가 혹여 있다면 인생의 선배로서 한마디 정도는 들려줘야 한다는 책임감 같은 거 말이다. 경험자로서의 말 한마디는 상호간 진중한 설득력을 갖기 때문이다. 또한 나약함에 대해, 무책임함에 대해, 비겁함에 대해, 엄살에 대해 꾸짖고자 함일 수도 있겠다. 극복하지 못할 난관이란 없다. 세상은 큰 그대, 깊은 그대를 위해 시련을 준비해둔 거라 여겨라. 시답지 않은 내 시도 고통과 절망과 무수한 상처를 통해 얻어진 사리와도 같나니……. 믿어라, 세상에 공짜는 없다.

상처 없이 피는 꽃은 없다. 하찮게 보이는 풀꽃 한 송이도 거저 피지 않는다. 서리와 혹한과 폭풍우와 우레 속에서 살아남아 한 존재가 되는 것이다. 젊은 그대여, 그러니 행여 죽음에 현혹되지 마시라. 사는 일만 꿈꾸기에도 생은 터무니없이 짧나니.

공군 웹진 「공감」

도둑 수업

1999년 3월, 광주대 사회교육원 문예창작과에 등록했다. 소설 창작 강의는 문순태 선생이, 시창작 강의는 조태일 선생이 맡았다. 세계문학전집이나 한국근현대작품집을 탐독하면서 접한 소설 작품이 내가 아는 문학의 전부였던 시절인지라 문순태 선생의 이력에 관해서는 꿰고 있던 반면, 조태일 선생에 관한 이력은 전무했다. 다만, 수강생들의 박수 소리와 탄성으로 미루어 선생의 유명세를 짐작할 따름이었으니 더 말해 뭣하리. 줄담배 속에서 진행된 첫 강의, 선생이 준비해온 조어 자료집과 연보를 별생각 없이 팔랑팔랑 넘기다가 『식칼론』 앞에서 멈칫하고야 말았다. 어디선가 주워들은 바 있는 시집 제목이었던 것이다.

5월 어느 날, 수업을 마치고 강의실을 빠져나오려는데 선생이 부르셨다. 가까운 몇이서 보성에 가기로 했는데 시간 되거든 동행하자신다. 일행은 고 고정희 시인의 조카와 대학원생이 전부여서 차 한 대로 이동이 가능했다. 차 안에서의 대화는 주로 고정희 시인에 관한 회고였던 걸로 기억되는데, 그 하루의 짧은 여행에서 후한 점수를 주셨던 걸까? 강의가 들어 있는 날은 보성에 동행했던 제자 K 시인과 함께 자주 점심식사 제의를 하곤 하셨다. 말은 안 했지만 둘 다 운전면허가 없어서 나를 운전기사로 여기지 않았나 싶다. 여하튼, 나로서야 시인의 면모를 지근거리에서 접할 기회였으니 기꺼이 운전대를 잡곤 했던 것인데, 그때마다 선생은 내게 캠퍼스에서만큼은 정해진 속도보다 서행하도록 주의를 주곤 하셨다. 처음엔 학생들 안전 때문이겠거니 여겼는데 속뜻이 따로 있음을 간파하고는 숙연해지고 말았다. 그 일은 나로 하여금 선생을 스승으로 모시게 된 계기가 되었으니…… 서행하다가 제자가 눈에 띄면 차를 멈추게 한 다음 반드시 식사 여부를 물어보곤 하셨는데, 그렇게 학교 정문을 통과할 즈음이면 끼니를 놓친 제자 두엇이 동승했던 것이고, 그런 날 선생의 허리춤에 매달린 국방색 낡은 전대는 분주하게 열렸다 닫히기를 반복했다. 소머리국밥과 생맥주와 담배 몇 갑이 마술처럼 줄줄이 나오던 낡은 전대를 지켜보며 어린 제자를 향한 스승의 사랑에서 아비가 어린 자녀의 끼니를 챙기는 모습을 읽었던 것이다.

선생은 백낙청 김지하 양성우 김준태 곽재구 나희덕을, 『창작과비평』을, 민족문학작가회의를, 오월 광주를, 민중시를 자주 거론하셨고, 연구실 벽면에 가득 꽂힌 소장도서를 자유롭게 읽거나 대여해갈 수 있도록 배려해주셨다.

그해 9월, 올곧기가 대쪽 같았으나 작고 여린 것들, 소소한 것들의 아름다움을 놓치는 바 없고, 무엇보다 가난한 이 땅의 민중을 끌어안으려 했던 선생은 갔다. 사람을 사랑하는 일이 시인이 지녀야 할 최고의 덕목임을 몸소 실천하며 살아온 국토의 큰 시인은 향년 59세를 끝으로 탯자리인 곡성 동리산 태안사 바람 자락으로 돌아간 것이다.

덕목은 배웠으나 '이것이 시다' 싶은 텍스트를 만나지 못해 속만 태우던 중 2000년 가을, 정진규 선생의 『몸詩』와 『알詩』를 차례로 만나게 되었다. 수년 묵은 체증이 일시에 푹 내려앉는 느낌이랄까? 계간 『시인세계』 2007년 겨울호 '벼락 치듯 나를 전율시킨 최고의 시구'가 무엇인지 대답해달라는 청탁이 왔을 때 주저 없이 선생의 시 「이별」(시집 『도둑이 오셨다』 수록)의 한 행을 꼽아 고해성사와도 같은 산문과 함께 넘겼을 정도로 우주와 내 통하고 있는 시인을 시로써 만나게 된 충격적인 감동의 순간은 몇 해가 흐른 오늘까지도 마치 어제의 일처럼 생생하기만 하다.

조태일 시인으로부터 시대와 사람을 사랑하는 덕목을 훔쳤다면, 정진규 시인으로부터는 사람의 오장육부를 쥐락펴락하는 시혼을 훔쳤다. 훔쳤다는 표현이 다소 자극적이고 비도덕적으로 여겨질 수도 있겠으나 정작 당사자인 선생들 모르게 홀로 은밀히 진행된 문학수업이었으므로 훔쳤다는 표현이 맞는 말일 터, 곡해 마시길 바란다. 여하튼, 수강료 한 푼 지불하지 않고 지금껏 감쪽같이 숨겨왔는데 첫 시집 출간 이후, 이 두 어른에 관해 짤막하게나마 발설할 일이 주어지곤 한다. 거짓말을 못 하는 성격 탓이기도 하지만 이러한 자백을 에두르지 않고 이실직고하는 이유는 이전보다 한층 더 정진해야 되지 않겠느냐는 나 스스로를 향한 다짐이 크게 작용한 까닭이다.

시 전문지 월간 「현대시학」

그대 빈자리가 더욱 그리운

원인 모를 화재로 전소된 고향집을 등지고 읍내로 나온 엄마는 양조장에서 쌀 빚을 얻어 반쯤은 불타버린 장롱을 뒤집어놓고 선술집을 차리셨다. 그런데 어찌된 영문인지 술을 찾는 주당들보다는 고정으로 숙식을 할 수 없겠느냐는 문의가 줄을 잇는 바람에 얼마 안 있어 방이 많고 마당 너른 독채를 구해 업종을 전환했는데 타지로 전출 가기 전까지는 방 뺄 생각을 전혀 안 하는 통에 좀처럼 빈자리가 나지 않을 정도로 성업이었다. 그러함의 비결은 엄마의 갸륵한 정성과 타고난 남도 손맛 그리고 이윤을 따지지 않고 올리는 찬의 가짓수 때문이지 않았나 싶다. 이렇듯 하숙집 주인으론 완벽했지만 정작 하나뿐인 여식 생일엔 수

수팥떡 한 되, 소풍날 김밥 한 줄 싸주지 않던 무심한 엄마셨다. 남편 없이 생계를 떠맡아야 하는 강박관념과 푸석푸석한 일상 탓이었을까? 그런 어른께도 휴가가 있었으니 그건 바로 명절 때다. 식객들이 저마다 고향으로 떠나고 어린 딸마저 등 떠밀다시피 억지로 시골 큰댁에 보내놓고 나면 일체의 부엌 출입을 삼가고 죽은 듯 잠을 청하셨던 것이다.

부농이던 큰댁에 가면 비로소 명절이 실감났다. 살림의 규모도 규모지만 원체 손이 컸던 큰어머니의 진두지휘에 따라 장보기부터 음식 장만까지 사나흘이 소요되곤 했으니 가히 짐작하고도 남음이 있으리라. 사촌은 물론이고 소작농의 식솔들까지 몰려와 지지고 볶고 튀기고 삶아대느라 집안은 오만가지 냄새로, 왁자한 웃음소리로, 여인네들의 수다로 밤새는 줄 모르던 풍경이 지금도 생생하게 그려진다. 화기애애한 친지들 속에서 나는 늘 겉돌았다. 집에 홀로 계실 엄마가 잊히지 않아 한시라도 빨리 이 분주한 상황이 종료되기만을 학수고대했다. 내 잠자리는 하필 근엄한 큰어머니 옆자리에 마련되곤 했었는데 혹시라도 비단 이불에 실례를 하면 어쩌나 하는 불안감에 밤새 화장실에 들락거리느라 잠을 설치곤 했다. 하지만 그 또한 꿈속의 다짐이었던지 새벽녘 축축한 느낌에 눈을 떠보면 아뿔싸! 다짐과는 정반대의 사태가 벌어지곤 했으니… 체면이 말이 아니었다. 그런 나를 아버지의 본부인인 큰어머니께서는 "쯧쯔, 기가 약해서 그런 게야. 괜찮다"며 안심시키곤 식구들 다 들리는 큰소리로 "발을 헛디뎌 머리맡 물그릇을 엎질렀다"며 우물가 물통에 다홍 홑청을 던져놓곤 하셨다.

어동육서, 좌포우혜, 조율이서, 홍동백서는 물론이거니와 메(밥)와 갱(국)을 평상시와 정반대 위치에 놓는 반서갱동, 강신降神을 염원하는 향 사르기 등의 유교제례와 같은 재료라도 조리 시간과 방법에 따라 맛에 큰 차이를 보이는 차례 음식을 어깨너머로 숙지한 것도 큰댁에서다. 하지만 제아무리 맛있는 음식이 곳간에 그득해도 엄마 없이 지내는 추석은 나를 우울하게 만들었다. 성묘 마치기 무섭게 집으로 돌아와 올케가 싸준 이바지를 둥근 소반에 차려내는 어린 딸을 흐뭇하게 지켜보던 엄마. 찹쌀 유과와 참깨 소를 넣은 모싯잎 송편, 들깨 넣은 토란탕, 돼지기름으로 지져낸 녹두전, 들기름으로 지져낸 수수부꾸미, 쇠고기 누름적과 화양전과 양은 주전자에 담아온 배숙까지 들이켠 다음 "오메, 이제 살것다" 하시던 엄마. 그 부스스한 몰골을 지켜보면서 까닭 모를 쓸쓸함에 울컥! 눈물이 솟구치기도 했던, 가난한 날의 풍경.

넉넉한 한가위다. 먹을거리도 인심도 흥청망청하다. 웬만한 실수쯤 까짓 눈감아줄 아량이 절로 생기는 추석 명절이다. 하지만 한 번쯤은 주위를 둘러보자. 바쁘다는 핑계로 몇 해째 귀성을 미루는 형제자매, 친구들은 없는지 살펴보자. 무심함을 탓하기 전에 이쪽에서 먼저 전화라도 걸자. 근황을 물은 다음, 무조건 그립다 말하자. 네 빈자리는 무엇으로도 채워지지 않는다 말하자. 될수록 나지막하게.

〈조선일보〉

델리행 기차를 놓쳤어야 했다

무료 왕복항공권이 생겼다. A 항공사의 여객기가 취항하는 모든 노선에 해당된단다. 일상의 숨통이 절실했고 어디로든 탈출구가 필요했다. 여타의 경비, 시간, 밀린 원고, 현지의 살인적인 이상기온 따위는 아예 귀에 들어오지도 않았다. 뒷덜미를 나꿔채는 일상의 모든 관계들을 홀홀 털어버리지 않으면 애당초 불가능한 일이었기에 묵묵히 짐을 꾸리기로 했다. 성수기였지만 델리행 좌석을 구하는 일은 그리 어렵지 않았다. 설렘도 두려움도 없는 무심함으로 홀로… 비행기에 올랐다. 그게 벌써 두 해 전의 일이다.

폭우와 폭염이 하루에도 수차례씩 반복되는 델리의 기상은 가히 공포에 가까웠다. 살갗이 벗겨지는 폭염도 폭염이지만 무자비하게 쏟아지는 폭우는 도무지 당해낼 재간이 없었다. 삽시간에 침수된 도로의 수위가 무릎에 이를 지경이었는데 이로 인해 생활하수와 동물들의 배설물 따위가 쉴 새 없이 엉겨들어 구토를 유발했다. 하숫물을 빠져나온 옷가지들은 출국 당시의 산뜻한 색감을 일찌감치 포기하고 거무튀튀한 색감으로 새롭게 태어났다. 바이올렛이 촘촘히 수놓아진 손수건이 그러했고 새로 산 배낭이 그러했으며 고가의 흰색 가죽운동화와 하늘색 면바지가 특히 그러했다.

결벽증 아니냐는 빈축을 살 만큼 몸에 밴 습관들이 바라나시행 특급열차를 기다리는 델리에서의 이틀 동안 거짓말처럼 무뎌지기 시작했다. 격식과 관습과 버릇 같은 것들로부터도 한결 수굿해졌다. 불안감이나 조급함도 옅어졌다. 그러면서 평온이 찾아왔다. 이제 처해지는 상황을 즐기기만 하면 되는 것이다. 기차에 올랐다. '짜이~ 짜짜~이!'를 외쳐대던 사내들의 구성진 목청과 새벽녘 잠자리를 빠져나와 선로변 풀섶에 쭈그려 생리현상을 해결 중인 진기한 차창 밖 풍경을 뒤로한 채 열한 시간을 달려 바라나시에 도착했다.

숙소에도 들르지 않은 채 곧장 버닝가트(화장터)로 향했다. 그런 다음 유족의 양해를 구해 한 개인의 역사가 불꽃 속에서 스러져가는 의식을 오래오래 지켜보았다. 혐오도 무섬증도 들지 않았다. 관리인에게 다가가 조심스레 물었다.

"어느 부위가 가장 마지막까지 타나요?"

내 질문에 그가 되물었다.

"어딜 것 같아요?"

"음…… 머리?"

그가 말했다.

"틀렸어요. 출산 경험이 있는 여성의 골반뼈와 가슴뼈예요."

반사적으로 분만과 수유를 떠올렸다. 순간, 오목가슴이 저릿했다. 여인의 화장의식이 끝나기를 기다려 나는 잘 마른 향나무 장작더미에 가족사로 인한 유년의 상처를 모셨다. 불 지펴드렸다. 자유를 드렸다. 그리고 열한 시간을 달려 다시 델리로 돌아왔다.

　　다홍 천 턱까지 끌어올리고
　　장작더미에 누운 여자
　　기척도 없다
　　불길 잦아들도록 끝끝내 이글거리던

가슴뼈와 골반

회灰가 되어 허물어진다 한때

소행성과 대행성이 생성되고

해와 달과 별이 맞물려

빛을 놓친 적 없던

여자의 집,

감쪽같이 철거당했다

한 우주가 사라졌다

　　-손세실리아 시 「갠지스강 화장터」 전문

　두 해가 훌쩍 흘러버린 이즈음 생각한다. 바라나시에 더 묵었어야 했다고, 1미터도 채 안 되는 미로와도 같은 골목을 소 돼지말 양 오리 거위 원숭이와 함께 아무렇지도 않게 어슬렁거렸어야 했다고, 짜이 가게 앞을 지나칠 때마다 간절해지던 커피 생각을 지워냈어야 했고, 실려나가는 시신을 내려다보며 집쥐 수시로 드나드는 2층 식당에서 한 끼 저녁쯤 게걸스럽게 해치웠어야 했다고, 넌덜머리가 날 만큼 고생도 해보고 배앓이 정도는 앓았어야 했다고, 아, 무엇보다도 나를 죽이는 내 안의 지독한 사랑을 불살랐어야 했다고, 그해 여름… 델리로 돌아오는 기차를 놓쳤어야 했다고.

(주) CJ 『생활 속의 이야기』

두두미마을에서의 반나절

    개인 집필실은 내 오랜 꿈이다. 주위의 소요로부터 일정 거리를 둔 독립된 창작 공간이야말로 몰입과 사유와 휴식을 동시에 꾀할 수 있는 적소이기 때문이다. 허나 원고료 수입이 최저생계비를 밑도는 처지이다 보니 말 그대로 꿈같은 얘기에 지나지 않는다. 글이 순조롭게 풀릴 땐 불편함을 못 느끼다가도 정반대의 경우에 맞닥뜨리게 되면 한껏 예민해져 회의도 들고 낙심할 때도 더러 있다. 게다가 여름방학이면 예외 없이 되풀이되는 칩거에 대한 열망은 가히 중증이라 해도 과언이 아니다. 방방마다 선풍기 프로펠러 윙윙거리는 혹서기와 숟가락 놓기 무섭게 돌아오는 식사 준비를 포함한 첩첩 가사노동은 마감 촉박한 글쓰기와

맞물려 눅눅한 우기를 더욱 우울하게 만드는 요인으로 자리하곤
한다.

한번은 모 일간지에 3개월간 고정 집필을 해주고 받은 원고료
전액을 들고 부동산중개소를 방문했던 적이 있다. 나는 비싼 월
세에 놀라고, 그들은 세상 물정 모르는 나를 어처구니 없어하던
민망한 일을 겪은 이후, 집필실이란 단어 자체를 금기시해왔는
데 최근 꿈꾸던 공간이 생겼으니…… 세상사 참 알다가도 모를
일이다. 그토록 열망할 땐 아득하더니만, 포기하니 절로 얻어지
니 말이다. 사연인즉, 도보여행에 빠져 강화도 구석구석을 강화
나들길* 추진위와 몇 차례 동행했는데 일행 중 한 분인 두두미마
을 촌장님께서 '별채를 짓긴 했는데 본가가 지척이라 비워두는
일 많으니 언제든 사용하라' 며 열쇠를 건네주신 게다. 강화섬의
전형적 주거 형태인 돌담이 남아 있고, 『심도기행』의 저자 고재
형 선생의 생가가 있는 유서 깊은 두두미마을에 그토록 오래 고
대하던 은신처가 생길 줄이야.

일산대교를 건너 48번 국도를 40여 분 달렸을까? 두두미마을
이다. 홀로 전원에 들었으니 막힌 글이 술술 풀릴 줄 알았는데
웬걸, 아니다. 호흡이 자꾸만 끊긴다. 지척에 생활 소음이나 가
사노동과는 비교도 안 될 막강한 복병이 잠복해 있었으니 그도

그럴밖에. 성하盛夏의 눈부신 풍경이 바로 그 주범이다. 텃밭에 나갔다. 숲을 이룬 옥수수, 탱탱한 토마토, 검보랏빛 연미복 차림의 가지, 무농약 상추, 색색으로 물결치는 드넓은 봉숭아 꽃밭, 코스모스 군락, 자작나무 울타리……, 아! 곳곳이 신의 명문장名文章으로 가득하다. 뙤약볕 무차별 투하 중인 밭이랑에 우두커니 서서 대지의 모신께 오래오래 경의를 표했다. 그러노라니 복잡하던 심사가 유순해지고 글 감옥으로부터 거짓말처럼 홀연해지는 게 아닌가. 한 술 더 떠 선풍기 풀타임으로 맞춰놓고 낮잠에 빠진 가족들과 수시로 뒤집어주지 않으면 쉰내 나기 십상인 빨랫줄의 두툼한 옷가지와 마감 채근하던 편집부 기자의 사무적인 음색까지 못 견디게 그리워져 총총 집으로 돌아오고 말았다.

최상의 집필실은 외부에 있지 않고 마음 안에 있음을 확인시켜준 두두미 별채에 조만간 다시 다녀와야겠다. 자작나무 희디흰 발목께 뿌릴 꽃씨 몇 봉지 사 들고서.

＊강화나들길: 강화군의 도보여행 공식 명칭이며, 두두미마을은 6코스에 있다.

국토연구원 월간 『국토』

시간 속 향기

학창시절 생활환경 실태조사라는 게 있었다. 여러 개의 항목을 작성하다 보면 어김없이 나로 하여금 거짓 대답을 하게 만드는 질문이 한 가지 있었는데 다름 아닌 '다음 가전제품 가운데 집에서 보유하고 있는 물품에 동그라미표 하시오'였다. 피아노나 오디오 혹은 선풍기 항목에는 당당하게 가위표로 대답하던 내가 유독 텔레비전 항목에 와서는 주춤거리다 동그라미를 그려 넣곤 했다.

그도 그럴 것이 교내 합창단을 인솔하고 있었으며 애국조회 때마다 단상에 올라 애국가와 교가를 지휘하는 지휘자였고, 수업시간 중간중간 노래 한 곡으로 아이들의 졸음을 깨워주는 가수 역할을 학기 내내 떠맡았으니, 노래와는 떼려야 뗄 수 없는 학창시절을 보냈던 것인데, 그런 내게 각종 쇼와 가요 순위 프로그램을 볼 수 있는 텔레비전이 없다는 사실이 자존심 상하는 일로 받아들여졌던 것이다.

전영록·이선희·이용, 아련한 그리움의 이름들

지금 생각하면 우스운 일이지만 그땐 퍽 심각했다. 동네 뒷산에 올라 보면 갈빗대와 같은 텔레비전 안테나가 허공중에 다투듯 내걸려 있었는데, 유독 우리 집 슬레이트 지붕 한 귀퉁이만 허전하게 비어 있어서 시선을 얼른 딴 방향으로 돌려야만 했다. 가난도 가난이지만 서른다섯부터 서서히 오기 시작한 백내장을 오래 방치한 탓에 시력이 극도로 악화되어 물체의 윤곽만 흐릿하게 수정체에 담고 생활하시는 어머니에게 나 혼자 보겠다고 고가의 텔레비전을 사달랄 염치가 없었던 것이다.

그러던 차에 궁여지책으로 가요 프로그램을 옆집에 가서 당당하게 볼 수 있는 묘안을 짜냈는데 그게 바로 같은 학교 후배인 옆집 후배의 학습을 도와주는 일이었다. 그 거래는 탁월했다. 나는 눈치 보지 않고 당당하게 그 집 윗목에 앉아 시대의 우상이던 가수들을 만날 수 있었고 그 아이는 눈에 띄게 시험 성적이 올랐으니 말이다.

"천 번을 접어야만 학이 되는" 〈종이학〉의 전영록이 잠자리 안경을 코끝에 걸치고 등장하면 그 순간만큼은 세상 시름 다 잊고 화면 속으로 빨려들었고, 강변가요제를 통해 혜성처럼 나타나 "J 난 너를 못 잊어. J 난 너를 사랑해"라며 떠난 연인을 잊지 못해 절규하던 미소년 같은 이선희로 말미암아 내 주변에 있는 남자 아이 중 'J' 라는 이니셜을 가진 사람이 몇이나 되는지 헤아려보기도 했다.

그 당시 좋아했던 가수를 말하라면 열 손가락도 모자라겠지만 그 중에서도 무대와 객석 사이를 오가며 방청객들의 손을 일일이 잡아주던 폭발적인 가창력의 이용을 꼽기에 주저하지 않겠다. 지금까지도 시월의 마지막 날이 되면 어김없이 노래방이며 라디오 방송 맨 끝 곡으로 선곡되어 거리를 스산하게 메우고 있는 대중가요의 명곡인 바로 그 노래를 불렀던, 그러나 단 한 번의 스캔들로 인해 방송가에서 자취를 감춰 그를 아끼던 팬들을 안타깝게 만들고 말았던 가수.

그 시절만 해도 가요 전문 프로그램은 양 방송사에서 공들여 제작해 주말 황금시간대 시청자의 발목을 잡아 텔레비전 앞에 끌어 앉히곤 했다. 요즘 들어 만들어지는 프로그램들은 버라이어티한 쇼의 성격 탓인지 가창력보다는 댄스에 주력하고, 사회자의 화술이나 인품보다는 대중의 인기도에 따라 진행이 맡겨지는 탓인지 말장난에 지나지 않는 멘트로 일관되거나 화려한 의상과 인형 같은 미소로 실수를 무마시키고 넘기려는 일회성 방송일 때가 많아 간혹 눈살이 찌푸려지기도 한다. 이런 점들이 나로 하여금 한동안 가요 프로그램을 멀리하는 결과를 낳기도 했다.

타임머신 타고 추억 속으로

그러다가 우연히 KBS에서 제작 방영하는 〈시간 속 향기〉라는 프로그램을 만났는데 가뭄 끝 단비라고나 할까. 주로 30, 40대의 중년 시청자를 타깃으로 80년대와 90년대 중반까지의 가요를 선별해서 들려주고 또 자료 테이프라는 성능 좋은 타임머신을 제공해 시청자로 하여금 시대를 거슬러 지난 추억 속으로 빠져들게 하는 강한 마력을 연출해내고 있어 무척 반가웠다. 흘러간 가요를 방영하는 프로그램이 아주 없는 것은 아니나, 기존 프로그램이 세월의 서늘함을 반추해내는 데 그치는 반면, 〈시간 속 향기〉는 그 당시의 방송 자료를 구해 필요한 부분만을 깔끔하게 재편집해서 현재 눈앞에 펼쳐지는 화면이 십수 년 전 흘러간 과거가 아닌, 생방송을 시청하고 있는 듯한 착각에 빠져들게 한다.

바로 이 점이 시대의 주류이면서도 생활 전선의 최전방으로 떠밀려 문화적 비주류로 전락한 중년들에게 묘한 향수를 불러일으킨 건 아닐까?

게다가 가수가 직접 시청자와 일대일의 관계로 만날 수 있는 'Back to the Music' 같은 코너는 방송에도 사람처럼 격이 있음을 실감케 한다. 최근에는 남성적 외모와 샤우트shout 창법으로 오랜 세월 많은 팬을 확보하고 있는 록 가수 김정민이 출연해 가수로서의 화려한 모습 뒤에 숨겨진 참으로 인간적이고도 진솔한 이야기를 들려주었다. 잘생긴 외모 덕에 드라마 연기자 제의를 받기도 했으나 가수로 남고 싶은 열망에 일말의 흔들림 없이 거절했노라 담담하게 말하던 모습, 평소의 패기 넘치는 연예인의 모습을 내려놓고 가수 생활의 어려움을 고뇌하고 토로하며 음악 프로그램을 기피하는 현실에서 가수의 설자리가 점점 줄어들고 있음을 안타까워했다. 노래하는 가수가 노래는 뒷전으로 밀쳐두고 각종 이벤트나 오락 프로그램에 불려 다니며 웃겨야 하는 현실이 우울하다며 소신 있게 한길을 가는 일이 결코 쉽지 않음을 피력하기도 했다.

그밖에도 명화 속의 명장면을 재생시켜 영화음악과 함께 추억 속에 빠져들게 만드는 'Music to Movie'가 있고, 시청자의 신 청곡으로 꾸며 복고 심리를 한층 자극시킨 '음악다방'이 있다. 얼마 전에는 요절 가수인 '현이와 덕이'의 멤버 '덕이'가 심해빛 투피스 차림으로 출연해 앳되고 통통한 모습으로 웃으며 노래하 는 모습이 잠시 화면에 비춰졌는데 참으로 측은해서 눈물이 고 이기도 했다.

랩이나 팝 음악에 열광하는 신세대들도 부모와 나란히 앉아 지 루해하지 않고 불과 10여 년 전의 노래와 가수에 함께 취할 수 있었으면 좋겠다는 욕심이 생겨나기도 하는데 그런 의미에서 '시간 속으로' 코너에 따스한 시선을 보낸다. 그 시대의 뉴스에 서 사회적 이슈가 강했던 문제를 다시 흑백의 화면으로 클로즈업 해 젊은 래퍼들로 하여금 속사포처럼 거침없이 늘어놓게 허용한 랩 리듬은 세대 간 장벽을 뛰어넘으려 고심한 흔적이 역력하다.

이런 점들이 〈시간 속 향기〉를 휴머니즘이 녹아나는 방송으로 인정받게 만든 건 아닐까 싶다. 이곳에서는 바쁜 일상의 번잡스 런 상념을 접고 잠시 방송에 몰입할 것을 권한다. 우리가 거쳐온 10대와 20대의 문화와 흔적들을 함께 공유한, 편안하고 오래된 친구 같다는 느낌이니 말이다. 각박해져만 가는 현실에서 가끔은 숨 돌리고 쉬어갈 수 있는 쉼터가 되어 일주일에 한 차례 가까운 과거 속으로 무리 없이 다녀올 수 있는 짧은 여행지인 〈시간 속 향기〉.

다음 방송엔 땀을 뻘뻘 흘리며 '사랑이란'을 열창하는 가수 이용을 만나보게 되지 않을까 은근히 기대하며 이 글을 접는다.

「KBS 저널」

걷기 예찬

요즘 걷기에 푹 빠져 지낸다. 전철 몇 구간은 기본이고, 귀갓길 일산행 버스 정류장을 코앞에 두고도 어쩐지 미진한 마음이 들어 두어 구간쯤 더 걷다가 차에 오르곤 할 정도다. 다만 시간을 쪼개 걸을 뿐인데 낡아가는 몸이 가뿐해지고, 잡생각도 덜어지며, 중증 길치 신세를 면하게 됐다. 게다가 길목과 골목의 미학을 발견해내는 소소한 행복까지 얻게 되었으니 이거야말로 일거양득을 넘어 일거다득임에 틀림없다. 집 근처 호수 산책 정도에 국한됐던 걷기 습관을 복잡하고 생경하기 짝이 없는 서울 시내로 확장해 거침없이 즐기게 된 건 순전히 '제주 올레' 덕이다. 올레는 '거릿길에서 대문까지의 집으로 통하는 아주 좁은 골목길'을 뜻하는 순 제주도 말이다.

최근 여행 마니아들 사이에 사단법인 '제주올레'가 운영하는 제주 걷기 여행이 돌풍을 일으키고 있다. 한 달에 1구간 개장을 원칙으로 하는데, 개장 당일이면 1000여 명에 가까운 올레꾼들이 제주올레 홈페이지에 공지한 장소에 몰려들어 올레 깃발을 뒤따라가면서 제주의 속살을 만끽하는 진풍경을 연출하곤 한다. 마을길과 해안길과 오름과 감귤과수단지 중산간 등을 놀멍 쉬멍 걸으멍 웃으멍 먹으멍 여유롭게 걷는 이 여행상품의 가격이 대체 얼만지 궁금해하는 이들이 많을 텐데, 뜻밖에도 무료다. 제주도까지 가는 여비와 숙소며 식사는 자발적으로 해결한다. 다만, 점심 지참이 여의찮은 외지인들을 위해 각 마을 부녀회의 협조를 구해 토속 음식을 제공하는데 이 또한 실비다.

올여름, 올레에서 주관한 행사에 초대받아 내려갔다가 해안절경이 빼어난 남원 큰엉경승지에서 쇠소깍까지의 구간을 걷고 난 이후, '올레 페인'이 되다시피 했는데, 지금껏 다녀온 세계 어느 유적지나 휴양도시의 풍광보다도 빼어난 데 놀랐다. 내친김에 며칠 더 걸었다. 길 위에서 질펀한 인정을 지닌 제주 사람들과 인연이 속속 닿았으니……

"차 타면 금방인데 왜 걷느냐, 배고플 테니 저녁이나 먹고 가라"며 자리젓에 고봉밥 차려주던 위미리 곤내골 점방 양재춘 할머님과의 인연, 하역 작업 중이던 조기를 비닐봉지에 한가득 담아 기어코 들려주던 서귀포항 선주 총각과의 인연, 숙박비 아껴 읽고 싶은 책 실컷 사 보라며 숙소 제공해준 소현 언니와의 인연, 섬에 머무는 동안 비상시 흑기사 역할을 자청하고 나선 정학 아우와의 인연, 언론사 퇴직금 솔래솔래 까먹어가면서 길닦이로 나선 것만으로도 부족해 찾아오는 지인들 모르쇠 못하고 먹이고 재워주느라 쌀독에 쌀 남아나지 않는 제주올레 이사장 서명숙 선배와의 인연 등……. 이처럼 올레는 자연과 사람의 교감은 물론이고, 사람과 사람이 상호 소통하는 소중한 장이다.

소설가 현기영이 쓰고, 화가 강요배가 그리고, 사진작가 김영갑이 파노라마 필름에 담아낸 제주를 흠모해오기 수년, 고백컨대 필자는 이제야 비로소 섬사람들이 무심코 들고 나는 삶의 터전 속으로 깊이 더 깊이 걸음을 떼며 온 감각기관으로 제주를 탐닉 중이다. 아니 제주 올레에서 비롯된 걷기를 도심 속 일상으로 돌아온 이후에도 지속하고 있는 것이다. 서명숙, 그녀는 말한다. 제주 올레에 다녀간 이후, 행복했다 여겨지거든 각자의 동네로 돌아가 올레를 만들라고. 이후 실제로 강화 올레와 제천 올레 그리고 대구 올레가 태동했으며, 진해 올레 등이 발족 기미를 보이고 있다는 후문이다. 걷기에 관심이 많으니 여기저기서 아름다운 길 추천도 많이 들어온다. 조만간, 그토록 환상적이라는 북악산 성곽길을 걸어봐야겠다. 더 을씨년스러워지기 전에.

그나저나 서 선배는 올겨울도 보일러 돌릴 엄두를 못 내고 찬물로 머리 감으려나?

〈조선일보〉

제2부 토닥토닥

그녀의 프로필

불혹을 넘어선 그녀는 아직 미혼이며 소설가가 꿈이다. 독학으로 쌓은 문학적 소양은 이미 상당한 수준에 이른다. 대기업 생산직 직원으로 근무하면서 착실히 모은 목돈을 식당과 서점 경영 실패로 몽땅 날리고 지금은 철거를 앞둔 무허가 주택에 임시로 기거하지만 표정은 밝고 사고는 긍정적이다. 어떤 경우에도 월급의 10분의 1은 도서구입비로 지출한다는 나름의 원칙을 고집하는 그녀는 지역 신문 신춘문예 최종심에 올랐을 정도로 짱짱한 필력의 소유자이기도 하다. 바로 그런 그녀의 글이 얼마 전 꽤 지명도 있는 문예지에 게재된 바 있다. 모 단체에서 주최한 문학행사에 참가했다가 취재기를 청탁받게 된 것이다.

아니, 좀 더 솔직히 말하자면 내게 들어온 청탁을 마침 현장에 같이 있던 그녀에게 일임한 것이다. "한번 써보실래요?" "제가요? 자신 없어요." 기어들어가는 목소리로 부담스러워하던 것도 잠시, 어느새 배낭에서 펜을 꺼내들더니 취재 대상을 향해 총총 사라진다. 잘 써낼 수 있을 거란 확신 없이는 애당초 불가능한 일이다. 물론 편집부 직원에게 양해 구하는 일은 오해 없이 해결했다. 달포쯤 지나자 드디어 책이 집으로 우송되어왔다. 봉투를 개봉하자마자 목차를 살핀 후 그녀의 글이 수록된 페이지로 이동한다. 장문의 취재기는 성실했다. 무엇보다도 활자화된 글을 통해 생생한 현장성을 독자들과 교감할 수 있어 좋았다. 한시름 놓고 글 하단에 적힌 프로필을 본다.

　　글쓴이/ 강산숙. 1963년 생. 식당에서 일을 하다 잠시 쉬
　고 있다. 막 글쓰기를 시작한 초보 습작생이다.

　물론, 필진으로 참여하는 이들의 프로필을 가급적 상세하게 기입한다는 편집진의 방침에 따랐을 테지만 그녀의 고단한 삶이 자꾸만 밟힌다. '농부, 12년 전 전북 완주군 소양면으로 귀농', '작은 공장에서 금형 일을 하고 있다', '대구 신신반점에서 자장

면 배달을 하고 있다' 등의 프로필도 눈길을 사로잡지만 '식당에서 일을 하다', 도 아닌 '식당에서 일을 하다 잠시 쉬고 있다' 는 그녀의 프로필은 그들 중 단연 인상적이다. 살아온 날의 이력을 어느 정도 아는 나로선 그녀가 안쓰럽기도 한 반면 자신의 처지를 있는 그대로 밝힐 줄 아는 정직과 용기가 퍽이나 아름답다는데 생각이 미쳤다. 어물쩍 넘기지 않고 소상히 밝힌 자세가 오히려 당당하고 환하다. 현재 그녀는 보리밥이 주 메뉴인 용인 수지의 한 식당에 복직해 일당 오만 원의 서빙 일을 맡고 있다. 계산하기 복잡하니 그냥 오만 원이라 말한다는 걸 보면 사만 몇 천 원쯤 받나 보다.

한번은 그녀가 나를 만나러 왔다. 왕왕 내 시의 배경이 되곤 하는 '일산 호수' 를 보고 싶다는 게 그 이유다. 점퍼, 면바지, 운동화, 읽다 만 몇 권의 책이 들어 있는 배낭 차림으로 버스를 두세 차례 갈아타면서까지 원정 나들이를 온 것이다. 먼 길을 달려온 그녀에게 저녁 한 끼쯤은 대접해야 도리일 것 같아서 단골식당으로 향했다. 식사 도중 화장실 다녀오마던 그녀, 어느 틈에 식사비를 계산하고 있는 게 아닌가. 황당하게 쳐다보는 나를 의식해선지 배시시 웃는다.

"왜 그랬어요. 너무 과용했잖아요. 어떻게 번 돈인데."

"제 일당이 오만 원인데 그 돈으로 살 수 있는 가장 큰 행복이 바로 지금 이 순간인 거 모르시죠? 선생님의 글을 읽으면서 저는 누구도 가르쳐주지 않았던 것들을 배웠거든요. 글빚을 갚는 일 이구나 여기고 맛있게 드시기만 하면 돼요. 제 행복을 뺏을 생각 은 아예 마시구요."

그녀는 그 이후로도 이따금 음식값 지불 때만 되면 글빚에 대 한 궤변을 늘어놓으며 내 지갑을 원천봉쇄시키곤 했다. 그 마음 이 갸륵하다.

그녀는 내게서 많은 것을 배운다지만 나는 오히려 동갑내기인 그녀의 삶을 지켜보면서 많은 것을 반성한다. 하루 열세 시간의 노동을 마치고 돌아오면 맨 먼저 책을 펼쳐드는 자세라든가 독 서를 통해 살아가는 이유와 미래의 희망 등을 발견해내는 모습, 그리고 좋은 글을 쓰는 글쟁이가 되면 좋겠지만 좋은 글을 읽어 내는 훌륭한 독자로 남아도 실망하지 않겠다는 생각 등이 그것 이다. 자기보다 어려운 처지에 처한 이웃들을 위해 몇 만 원 성 금도 선뜻 기탁할 줄 아는 지극한 인정을 배우고, 자기 한계를 인정하고 타자의 장점을 존중할 줄 아는 긍정적 사고방식을 배 운다. 인대 늘어난 손목에 압박붕대 친친 감고도 근무시간엔 절 대 꾀부리지 않는 근면성을 배운다.

그녀가 근무하는 식당에 가면 화장실마다 시가 붙어 있다. 밥 먹으러 온 손님들에게 화장실에서나마 좋은 시를 잠시 접하게 해주고픈 그녀 나름의 의도다. 가만 보면 내가 추천해준 시인들의 시편이 주를 이룬다. 귀찮은 줄 모르고 매주 한 차례씩 바뀌는 '화장실 시', 그녀 같은 직원을 고용한 사장은 시쳇말로 '땡' 잡았다. 그 집을 찾는 단골들도 '봉' 잡은 건 마찬가지다.

그녀의 집은 혼자 사는 처제를 위해 철거 주택에서 주워온 건축 폐자재를 재활용해 둘째 형부가 지어준 집이다. 집주인이 버리고 떠난 빈집을 돈 몇 푼 들이지 않고 주먹구구식으로 개축한 것이다. 겉에서 보면 허름하기 짝이 없는 외관이지만 막상 집에 들어서면 단박에 그녀의 집을 욕심내게 되고 만다. 벽면 책꽂이를 가득 채운 책이며 혼자 쓰는 책상 그리고 옥돌전기장판……. 사실 이 모든 것보다 부러운 건, 장마 끝 뚜·벅·뚜·벅 양철지붕으로 떨어지는 장대비의 발자국 소리다. 현관 문턱을 깔깔거리며 깡총 뛰어넘는 황톳물이다. 쪽창으로 어른거리는 홀딱 젖은 암녹색 호박잎과 감나무 잎이다. 아, 무엇보다 혼자 있을 수 있는 공간이다. 병문안으로 그녀의 집을 한 번 찾은 이후부터 나는 집다운 집을 갖고 싶은 병이 생겼다. 비만 오면 그녀 집으로 달려가고픈 열병을 앓곤 한다. 하지만 곰곰 생각해보면 혼자 머물 고요로운 공간이 필요해서라기보다 편안한 그녀가 거기 있어 그 집이 생각나는 것일지도 모르겠다. 아무래도 그럴 것이다.

그녀는 반드시 소설가가 될 것이다. 되고야 말 것이다. 신춘문예나 화려한 문예지를 통한 등단이라면 더할 나위 없이 반갑겠지만 설령 그러한 절차를 생략하고 자신이 살아온 날의 기록을 책으로 묶어내겠다 해도 반대하지 않을 작정이다. 그 첫째 이유는 시시껄렁한 작품을 모아 책으로 묶어내겠다고 설치지 않을 위인임을 아는 까닭이고, 두 번째 이유는 책이 나무의 목숨임을 아는 까닭에 나무의 목을 섣불리 베겠다는 생각을 품지 않을 사람임을 아는 까닭이며, 세 번째 이유는 세상의 기준이 아니라 자기 자신의 검증을 거치는 일에 혹독할 그녀임을 알기 때문이다.

광교산 자락 무허가 식당에서 일하는 산숙 씨 버려진 땅 일궈 재배한 시금치 앉은걸음으로 반나절 넘게 캐 손수레에 싣고 가게로 돌아가던 중 왕벚꽃 터널 혼자 보기 아깝다며 육성으로 중계해주는데요 어서 가 쉬라는 말 일축한 채 일당 받고 출장 나와 꽃구경하는 처지에 고되다면 염치없는 거 아니냐며 여기야말로 신의 직장이라 너스렙니다 노조 간부하다 미운털 박혀 잘리고 손대는 일마다 실패해 남은 거라곤

바슬바슬한 몸뚱이뿐이지만 죽는소리 일절 없습니다 모르긴
몰라도 어금니 악물고 견디는 중일 테지요 생과 맞장 뜨는
참일 테지요 신경질적인 경적 더는 모르쇠 못 하겠던지 전화
끊으려다말고 불쑥 화장실 문짝에 시 한 편 붙여놨다며 저작
료 숯불제육구이에 동동주는 알아서 수령해 가라 통고합니
다 구실 삼아 밥 한 끼 거둬 먹이려는 속정일 터 하루쯤 책상
머리 벗어나 콧바람 쐬라는 완곡한 출장명령일 터

신고한 생에서 길어 올린
놀랍도록 번뜩이는
　　－손세실리아 시 「은유적 생」 전문

　먼 훗날 묶어질 그녀의 작품집에는 그녀가 근무하는 보리밥집
직원들이 대거 등장할 것이다. 식당 2층에서 기숙하며 아파도 병
원 한 번 안 찾고 모은 돈을 식당 부식 담당 기사와 눈이 맞아 곶
감 빼먹듯 빼먹고 있는 조선족 옥순 씨, 심양 출신이면서도 어찌
나 경상도식 발음을 잘 구사하는지 귀 기울여 듣지 않으면 조선
족인지 아닌지 구분하기 힘들다는 경자 씨, 하루 40솥이나 되는
보리밥을 해대느라 눈썹을 홀랑 태웠다는 장춘 출신 금자 씨, 여

성성이 강해 '조양'이라는 별명을 얻었다는 남자 서빙 직원, 아, 가진 건 없지만 가슴과 머릿속만큼은 남부럽잖게 부자인 바로 그녀 자신이 화자로 등장하는 소설이 어쩌면 지금 이 순간에도 적벽돌 찍어내듯 한 자 한 자 써지고 있을지도 모를 일이다. 만약, 그녀의 책이 나온다면 그땐 내가 그녀에게 밥을 사야겠다. "글빚 갚는 일이라 여기고 그냥 맛있게만 드셔주세요. 내 행복 뺏을 생각 마시구요"라고 말한 다음, '소설가'라고 적힌 그녀의 프로필 바로 밑에 정중히 사인도 청하리라.

(주)삼성화재 『프로의 꿈』

화가의 갈비뼈

　선생의 연락이 이즈음 뜸하다. 당분간 서귀포 강정마을에 머물 거란 통화 이후 감감무소식. 해군기지 건립을 두고 주민들 간에 찬반양론이 팽팽히 맞서는 곳 아니던가. 평화의 섬, 고요하고 아름다운 마을에 군사시설을 들인다는 발상 자체가 코미디 아니냐 비분강개하더니만 기어코 섬으로 간 것이다. 세상 모든 그늘을 숙명처럼 껴안고 살아가는 선생을 보노라면 전라도 말로 참 폭폭하다. 화가로 그만한 명성이면 호의호식은 아니더라도 먹고 사는 덴 걱정 없을 것 같은데 아니다. 2년 전, 여기저기서 변통해 천 몇 백만 원에 구입한 여수 백야도의 누옥 한 칸이 재산의 전부라니 더 말해 무엇하리.

브라질 리우 환경회의, 뉴욕 유엔본부 전시, 터키 이스탄불 세계주거회의, 일본 교토 세계환경회의를 비롯해 아르헨티나, 뉴질랜드, 베트남, 이라크, 요하네스버그, 헤이그……. 그가 초대되었거나, 작품이 전시된 바 있는 나라 또는 도시다. 하지만 국제무대라는 게 늘 그렇듯 쉽게 실감이 나질 않는다. 하여, 우리 주위에서 작품을 찾아본다. 6월항쟁 당시 서울 연세대 학생회관에 내걸렸던 걸개그림 〈한열이를 살려내라!〉, 〈장산곶매〉, 고 김선일 씨 광화문추모제에 사용된 걸개그림 〈살고 싶다〉, 어디 그뿐인가. 새만금 개펄에 세운 생명 솟대 〈바다로 간 장승〉, 지구온난화를 고발하는 〈얼음 펭귄〉, 평택 대추리의 반전 설치미술 등 죄다 거론하자면 지면이 부족하겠다. 이쯤 되면 여기저기서 '아! 나 그 작품 봤어. 그게 이 사람 작품이었어?' 탄성이 나올 법도 하다. 중학 중퇴, 목수 출신, 정규 미술교육 전무, 민중화가라는 수식어를 달고 다니는 최병수 화백이 바로 그다.

전화를 걸었다. 태풍 '나리'에 뿌리 뽑혀 죽은 소나무를 깎아 '구름 솟대', '전복 솟대', '소라 솟대' 몇 구 해안에 세웠단다. 그런데 평소완 달리 기운이 없다. 껄껄! 웃음도 생략이다. 자꾸 캐물으니, 작업 도중 2미터 높이에서 떨어져 갈비뼈에 금이 갔단다. 지인들 걱정할까 봐 쉬쉬한다. 제작비를 걱정하는 내게

"〈장산곶매〉몇 장 팔아야지 뭐" 한다. 선생이 가난한 이유를 알 겠다. 반면, 선생이야말로 진정한 부자이며, 영혼 맑은 예술가라 는 사실 또한 알겠다. 금 간 갈비뼈 내색 않고 세운 솟대가 서귀 포 강정마을의 평화를 수호하는 상징이 되길 간절히 염원하며 전화를 끊자마자 거짓말처럼, 뜬금없이, 멀쩡한 내 갈비뼈가 욱 신거린다. 결린다.

〈국민일보〉

길 위의 성자

　제주 올레를 통해 걷기에 매료된 지 1년여, 이후 틈만 나면 제주도를 찾는다. 매료라는 표현이 다소 호들갑스럽게 여겨질 수도 있으나 '매료'의 사전적 풀이가 '사람의 마음을 완전히 사로잡아 홀리게 한다'는 뜻이니 도보여행의 대명사로 자리매김한 올레에 푹 빠져 황홀지경을 만끽하고 있는 나로선 걷기야말로 매료의 대상이 아니고 무엇이겠는가 싶어 그리 표현하는 데 주저함이 없다. 올레를 수차례 들고 나면서 나는 비로소 지금껏 알아왔던 제주와는 판이한 제주를 발견하게 되었다. 민낯의 제주랄까? 제주의 속살이랄까?

　혹자는 올레를 치유의 길이라 하고, 혹자는 평화의 길, 화해의 길이라 일컫곤 한다. 때로 거기 자유, 상생, 사색, 수행이라는 단어가 붙기도 하고, 이 밖에 무수한 이름씨와 그림씨가 덧붙어 수식되기도 한다.

1코스 서귀포시 성산 광치기해안에서 출발해 최근 개장된 15코스 제주시 애월읍 고내리로 이어지는 올레는 섬 속의 섬, 오름과 중산간, 산담과 밭담, 바당(바다)길과 기정(절벽)길, 갯무꽃길과 숨비기꽃길, 곶자왈과 애기동백숲, 환해장성과 바다목장, 양파밭과 당근밭…… 등 계절과 기후 변화에 따라 사뭇 다른 풍광을 보여준다. 길에서 시작된 올레는 음식으로 이어지고, 문화로 이어지고, 풍습과 역사로 자연스럽게 이어지다가 결국 사람으로 이어지는데 이러한 관계맺음을 나는 '사람 올레'라 칭한다. 때론 거기 각별한 이들의 이름을 붙여 내 방식의 인명 올레 코스로 명명하기도 하는데 가령, 길닦이 팔자를 타고난 서명숙 올레, 올레왕언니이며 서귀포의 가객인 올드미스 이유순 올레, 여성 올레꾼들의 대모 세화의 집 정영희 올레, 올레꾼들을 위한 편의 제공과 세심한 배려로 기업 이미지를 높인 풍림리조트 신순배 올레, 파란 화살표의 사나이 서동성 올레, 올레에 취해 제주 입도를 추진 중인 김성진 올레, 자신의 노고를 결코 생색내는 법 없는 자원봉사대장 오중석 올레, 여섯 살 딸아이 손양과 놀멍 쉬멍 걸으멍 전

코스를 완주한 가슴 뜨거운 워킹맘 박선아 올레…… 가 바로 그들이다.

길 걷기에서 시작된 나의 올레는 이렇듯 어느 순간 사람 올레로 거듭나고 있다. 한결같이 갸륵한 구석이 많은 이들은 관용과 느림의 미학을 몸소 실천함으로써 편협함과 거드름과 경박함과 조급함으로 가득한 나의 삶을 시시로 돌아보게 한다. 내려놓으라 한다.

길 위에서 성자를 만난 것이다.

「얼루어」

그 남자의 포옹

"저 안석환입니다. 늦은 시간 전화 드려 죄송합니다. 다름 아
니라 일산 SBS에 녹화가 있어 잠시 후 출발하는데 혹시 가는 길
에 들러 뵐 수 있을까 해서요. 드릴 말씀도 있고…. 잠깐이면 됩
니다."

밤 10시쯤 도착한 그를 집 근처 커피숍으로 안내했다. 자리에
앉자마자 헐렁한 점퍼 품에서 한 아름이나 되는 책을 꺼내더니
테이블에 조심스레 쌓아놓는 게 아닌가. 뜻밖에도 꽤 많은 권수
의 내 시집이다.

"혼자 읽고 말아선 안 될 것 같아 후배들에게 선물해주려고 구
입했습니다. 귀찮으시겠지만 사인 좀 부탁드립니다."

그와의 인연은 화가 임옥상 선생이 주관한 조촐한 모임에서 비롯됐다. 마침 가지고 있던 시집이 있어 인사와 함께 건넸는데 집으로 돌아간 그 밤, 단숨에 읽었노라며 다음 날 전화를 걸어온 게 아닌가. 구석에 처박아두지 않고 읽어준 것만도 고마운 노릇인데 덧붙이길… 시집에 수록된 어머니 관련 시편들을 각색해 무대에 올리고 싶은 생각이 들었노라는 말로 몸 둘 바를 모르게 한 게 불과 엊그제 일인데, 며칠 만에 또다시 할 말을 잃게 만든 것이다.

나이도 나보다 한참 위고, 드라마와 영화와 연극 무대를 넘나들며 연기파 배우로 인정받고 있는 그가 일개 무명 시인인 내게 보이는 정중함과 호의와 배려를 마냥 기분 좋게 받아들이기엔 나 자신의 문학적 역량이 아직은 이렇다 할 수준이 못되는지라 이만저만 조심스러운 게 아니다. 이러한 나의 속내를 아는지 모르는지 그의 온화한 눈빛은 한없이 깊기도 깊다.

반 시간 정도 마주 앉아 있자니 그제야 그의 얼굴이 눈에 들어온다. 화장기 하나 없는 맨얼굴이다. 다소 초췌하고 피곤해 보인다. 오른쪽 아랫입술은 부르터 있기까지 하다. 근황을 여쭤보니 현재, 드라마 〈대물〉과 〈도망자 플랜비〉에 출연 중이고, 일본 희곡작가 '미타니 코우키'의 대표작 〈웃음의 대학〉에 장기 출연 중이며, 조만간 대학로 SM아트홀에 올려지게 될 연극 〈대머리 여가수〉의 연출과 출연을 맡게 돼 배우들과 호흡을 맞추고 있는 중이란다. 무대 위에 서 있는 순간이 가장 행복하다며 너털웃음 짓는 그……. 아뿔싸! 갈라진 입술 위로 선홍빛 피가 살짝 비친다. 붉은 열정…… 아찔하게 눈부시다.

집에 돌아와 TV를 켜자 기다렸다는 듯 그가 나온다. 지난주 녹화분인가 보다. 개인의 영달을 위한 권모술수와 처세로 일관하는 비도덕적인 언론인의 전형을 생생하게 연기하고 있다. 섬뜩할 정도로 교활하며 냉소적이다. 독한 구석이라곤 찾아볼 수 없던 좀 전과는 딴판이다. 하긴 오죽했으면 그의 이름 뒤에 다음과 같은 수식어가 따라붙겠는가.

설명이 필요 없는 배우
팔색조 연기자
야누스의 얼굴
전방위 명품 연기
미친 존재감
무대 위의 카리스마

그에 관해 많이 알고 있다는 생각이 착각이었음을 깨닫기까지 그리 오랜 시간이 소요되지 않았다. 나에게로 온 참으로 소중한 인연에 대해 표피적인 정보 이외에는 아는 게 없다니…… 이토록 막막함이라니. 헌데, 마치 이러한 내 생각을 낱낱이 꿰뚫기나 한 듯 출연 중인 연극 〈웃음의 대학〉에 초대를 해왔다. 1940년대 제2차 세계대전, '웃음'을 삭제해야 하는 검열관과 '웃음'을 사수해야 하는 작가의 이야기를 통해 진정한 웃음과 웃음의 의미를 선사하는 웃음의 대학! '검열관' 역을 맡은 그는 공연 초반부터 중반까지 위압적, 냉소적, 신경질적인 호통 연기로 객석을 긴장시키더니 종반부에 이르러서는 코믹하면서도 뭉클한 인간애를 연기해 관객들의 우레와 같은 박수를 받았다. 완벽한 감정이입으로 주어진 배역을 훌륭히 소화해낸 배우를 향해 관객이 보내는 최고의 예우인 갈채는 출연진이 퇴장하고도 한참 동안 이어졌다.

소극장 로비는 출연진과 인사를 나누려는 젊은이들로 북적거렸다. 수첩에 사인을 요청하거나, 친구들끼리 번갈아가며 배우와 폰카 촬영에 여념이 없다. 피곤한 내색 일절 없이 시종일관 흔쾌히 응해주더니 헤어지기 직전엔 모두를 끌어안으며 손바닥으로 등을 토닥거려주기까지 한다. 나에게 보여준 바로 그 너그러운 품성이다. 한결같다는 건 얼마나 큰 미덕인가. 하물며 그것이 타인을 향한 배려임에랴.

악수처럼 자연스럽게 포옹하는 장면을 입구에서 지켜보는데 불현듯, 몇 해 전 인상 깊게 읽었던 기사가 떠올랐다.

연극배우 안석환, 부산대학 정문 앞 6150명과의 프리허그 도전에 성공하다. 산림자원이 황폐화된 북한에 묘목재배시설을 건립해주기 위한 이 도전은 장장 8시간 동안 이어졌다.

관심이 발동해 검색해본 바에 의하면 유명 연예인의 격의 없는 포옹 제의에 뒤로 물러서던 학생과 행인에게 웃으며 다가가 "프리허그로 우리 강산을 푸르게 할 수 있습니다" 간곡하게 호소했고, 그 결과 미심쩍어하며 뒷걸음질하던 사람들의 마음이 움직여져 뜨거운 포옹을 끌어냈으며 그러함이 지역 기업의 자율적 후원으로까지 이어져 소기의 목적을 무난히 달성하기에 이르렀다는 내용이다. 또한 0에서 출발해 팔랑팔랑 넘어가던 숫자판이 6150을 가리키던 순간, 자신도 믿기지 않는다는 듯 감격한 표정으로 두 손 합장해 진행요원과 자신의 품에 기꺼이 안겨준 모든 이들에게 공을 돌리던 겸허한 모습이 담긴 동영상은 연출이 필요 없는 빼어난 휴먼드라마였다. 꽤 오랜 세월이 흐른 지금까지 생생한 몇 줄 기사 속 주인공이 뜻밖의 인연으로 나에게로 온 바로 이 사람과 동일인이라니…… 이토록 엄청난 행운이라니.

포옹이라는 행위를 통해 그는 헐벗은 북녘의 산등성이와, 반세기 넘도록 미결로 남아 표류하는 이산가족의 절규, 그리고 분단된 조국의 비애를 동시에 껴안고자 했으리라. 그것은 개인주의와 전쟁과 불화와 반목과 갈등의 종식을 간구하는 외침이었으며 동시에 절절한 기도였으리라.

그가 행한 프리허그는 상대를 수용한다는, 결속과 유대와 관계의 확장이라는 의미가 함축적으로 내포돼 있다. 그러함은 쉬운 듯 보이지만 결코 쉽지 않은 행위이며 실천이다. 자신을 비워내고 관대해져야지만 가능한 그것! 이웃의 눈물, 상처, 고통이 나와 무관하지 않음을 간파한 자만이 가능한 그 무엇! 인도주의적 사랑의 실천 따위를 거창하게 운운하지 않더라도 그의 삶이 그것과 무관하지 않다는 걸, 밀접하다는 걸 누군들 눈치채지 못할까.

집에 돌아오자마자 이메일을 썼다.

분에 넘치는 마음을 받았습니다. 너무 과분해서 두렵고 덜컥 겁이 나기도 하는 게 솔직한 심정입니다.

이렇게 메일을 드리는 건 다름이 아니오라 연극 관련 건 때문입니다. 말씀하셨던 각색이라든가, 무대 작업이 행여 불빌로 돌아갈시라노 부담 갖지 말아주십사 부탁드리려구요.

왜냐하면…… 저는 우리 시대의 명배우가 무명 시인을 위해 헌정(?)한 감동적인 연극을 이미 감상했기 때문입니다

전송하기에 앞서 잠시 망설였으나 결국 보내기를 클릭하기로 한다. 사람의 일이라는 게 도처에 변수가 도사리고 있어 말의 책임을 지기 쉽지 않다는 걸 익히 알 만한 나이인지라 수포로 돌아갈 경우 난처해할지도 모를 그를 생각해 미리 마음 쓴 것인데 신기하게도 내 마음이 먼저 가뿐해졌다. 은연중에 나 또한 기대하고 있었던 모양이다. 내려놓길 다행이다.

앞서 말한 바와 같이 난 그에 대해 아는 게 별로 없다. 이러저러한 자리에서 대면한 횟수를 죄다 합쳐봐도 고작해야 열 손가락이 채 꼽히지 않을 정도니 안다고 말하는 것 자체가 어쩌면 어불성설일 수 있겠다. 그러나 그가 건네는 한마디의 말, 세심한 친절, 몸에 밴 겸손, 유쾌한 화술, 화통한 웃음, 고즈넉한 미소, 소탈한 성품, 절제의 미덕…… 등을 지켜볼라치면 어느새 그와

막역한 듯한 착각에 빠져들게 한다. 어쩌면 그것은 그의 사유와 자유혼 그리고 관용과 진정성에 대한 신뢰 아닐까?

깃들 듯, 스며들 듯, 타자에게 배어들어 소소로운 것들과 평화의 연대를 이루는 아름다운 몸짓에 대해 생각한다. 가만가만 읊조리기만 해도 내 안의 모난 것들 무뎌지게 만들고 무장해제하고야 마는……, 두 음절에 지나지 않으나 무진장한 위력을 가진 단어……, 포옹!

어느 해 봄, 북녘 민둥산 나무 보내기 사업의 일환으로 진행된 프리허그 행사의 중심엔 분단의 아픔과 시절을 고민하며 배우로 살아가는 한 사내가 있었다. 그가 주어진 임무 완수를 위해 장장 8시간 동안 낯선 도시의 거리에 서서 양팔로 6150명을 끌어안은 노고로 보내진 북녘의 나무는 안녕할까? 척박한 토양에 뿌리 씩씩하게 내리고 푸르른 잎 펄럭이며 짱짱히 자라고 있을까? 아니, 아니, 무엇보다 그것으로 그의 임무는 '완수' 된 것일까? 종결형일까? 과연…… 그럴까?

아니다. 외람된 견해일 수 있겠으나 그의 포옹은 여전히 현재진행형이다. 아니 어쩌면 프리허그 행사 이전보다 훨씬 자유롭게, 전심을 다해 생의 매 순간순간 자신에게 다가온 인연과 인연들을 양팔로 끌어안고 토닥토닥 등 두드리며…… 그렇게…… 그렇게…… 유감천만인 시절의 강 끝끝내 포기하지 말고 함께 건너자 한다. 희망의 끈 놓지 말자 한다.

그가 최근 외도를 시도했다. 시대 부조리극 〈대머리 여가수〉의 연출을 맡은 것이다. 소통이 절실한 이 시대에 연극을 통해서나마 은방울 소리 울리고 싶은 간절함 때문일지도 모르겠다. 우레와 같은 박수와 환호성이 연극이 끝나고 배우가 퇴장하고 난 이후에도 한참 동안 이어질 테지. 로비엔 그를 기다리는 팬들이 웅성거릴 테고, 누군가는 수첩을 내밀어 사인을 청할 테다. 또 한 무리의 청년들은 돌아가며 사진을 찍기도 할 테고, 피곤한 내색 일절 없는 그…… 한 생애와 한 생애를 뜨겁게 포옹하며 등 두드려줄 테다.

그 남자의 포옹, 연기만큼이나 열정적이고 순정할 테다.

안석환 1959년 경기 파주 출생. 1987년 연극 〈달라진 저승〉으로 데뷔. 극단 '연우무대' 단원. 주요 출연작으로 연극 〈가시고기〉〈리처드 3세〉〈시라노 드 베르쥬락〉〈대머리 여가수〉〈웃음의 대학〉 등이 있으며 다수의 TV 드라마와 영화에 출연했다. 서울연극제 대상, 동아연극상 연기상, KBS 연기대상 남자조연상, 한국연극협회 최우수 남자연기자상, 오늘의 젊은 예술가상 등을 수상했다.

진보생활문예지 격월간 『삶이 보이는 창』

내가 만난 최고의 사진사

'사진 동봉'이라 적힌 등기우편 한 통을 받았다. 거기 얼마 전 처음 인사를 나눈 이의 이름이 낯선 필적으로 써 있었고 간단한 안부 정도는 물었음직도 한데 사진 몇 장과 명함 크기의 메모지만 달랑 들어 있는 삭막한 편지였다.

나이 들면서 턱 선도 뭉툭해지고 주저앉은 콧대는 더욱 고집스럽게 보여 사진 찍는 일을 가급적 피하며 지내왔는데 뭐가 그리도 재미났던지 겁 없이 사진기를 향해 웃고, 또 웃는 모습들이 생생히 담겨져 있다. 사진사의 미적 감각에 감탄하지 않을 수 없을 정도로 자연스럽고 편안한 모습으로 갓 인화된 사진은 내가 봐도 실물보다 훨씬 예쁘게 나온 것이었기에 사진 찍느라 분주히 행사장을 오가던 그의 자취를 가만히 더듬어보았다.

번잡스런 연말 분위기를 피하려고 주저하고 주저하다가 송년 모임에 도착한 시간이 늦은 9시, 파장 분위기가 역력한 빈자리에 이방인처럼 불편하게 앉아 있는데 누군가가 말을 건네왔다. 아무리 생각해봐도 초면인 것 같았다. 남자치고는 참 작은 손이로구나 싶은 생각을 하면서 악수를 하는데 "만나 뵙게 되어 반갑습니다. 언젠가 꼭 한 번 뵙고 싶었거든요. 손 선생의 시를 아끼는 독자의 한 사람으로 말입니다"라는 접대성 멘트를 잊지 않고 챙기는 것 아닌가. 나도 마땅히 그의 이름을 물어야 도리일 것 같아 조심스레 여쭈었더니 "부산에 살고 있는 전○○라고 합니다", "아! 네에. 저도 선생님 존함은 작품을 통해 익히 알고 있었습니다. 귀한 분을 만나 뵙게 되어 제가 도리어 반가운 걸요."

실제 만난 적이 없다 해도 계간지에 작품을 발표한다거나 시집을 출간함으로써 시인의 이름과 작품세계 정도는 또렷이 기억하는 게 글 쓰는 사람들의 통상적 관계이다 보니 예기치 않은 장소에서의 그런 만남이 그다지 어색한 일은 아닌지라 꽤 유쾌한 대화를 이어갔던 기억이 난다. 독자임을 전제로 내 아군 역할을 기꺼이 자처해주시던 선배 시인의 후덕한 모습은 참으로 인상 깊었고 귀갓길, 택시를 잡아 배웅하며 건필을 기원해주던 모습

또한 마치 사촌 오라비 같아 친근했다. 여하튼, 초면이면서도 또한 구면인 선배 시인께서 그날 일일 사진사 노릇을 성실히 해주신 덕에 맘에 꼭 드는 사진 몇 장 받고 나니 퍽 귀한 선물이라는 생각이 들었는데 비단 나만 그런 것 같지는 않고 아마 모임에 참석했던 다수의 피사체가 같은 생각이었으리라. 잘 받았노라는 답장을 쓰면서 사진이 실물보다 왜 이렇게 예쁘게 나왔는지에 대한 의문점이 어렴풋하게나마 풀리는 듯했다. 그 이유는 다름 아닌 피사체에 대한 무한한 배려와 관심이 아니었을까?

사람 간의 관계라는 것도 다 그렇지 않을까 싶다. 지극지심이면 움직이지 못할 게 없다는, 그렇게 넉넉한 마음으로 나를 포함한 참석자 다수를 최상의 피사체로 올려놓고 정작 자신의 존재는 희미하게 지워버려 나타나 있지도 않은 사진. 사진에는 기품 있고 환한 웃음을 타인들에게 고루 베풀며 살아가라는 선배 시인의 특별한 부탁이 무언으로 들어 있었다. 투박한 볼펜심 꾹꾹 눌러 쓴 편지를 겨울 바다와 눈 맞추며 까치발 딛고 시리게 서 있을 광안리 우체국을 향해 띄운다. 기약할 순 없지만 살다 보면 또 만날 날 있겠지. 그때는 내가 필히 최상의 피사체로 그를 모셔 사진을 찍어드려야겠다. 그러기 위해서는 욕심으로 채워져 향기 잃은 마음 그릇을 수시로 비워내며 정결하게 살아야 될 일이다. 사물은 저마다 자신의 눈으로 상대를 바라본다지 않은가. 꽃이나 동물이나 하물며 미물인 곤충까지도 말이다. 그날, 인사동 송년 모임에서 끝까지 카메라를 손에서 놓지 않던 선배 시인의 마음에 깃들인 타인에 대한 무한한 배려가 부럽다.

이후로도 아주 오랫동안 내가 만나본 최고의 사진사로 그는 기억될 것이다.

(주)금호타이어 『희망을 굴리는 사람들』

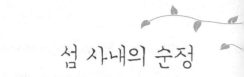

섬 사내의 순정

이환갑 씨는 목수다. 나무 다루는 법을 체계적으로 배운 적은 없지만 그 바닥에선 손끝 야물고 성실하기로 정평이 나 있다. 콘크리트 타설에 필요한 거푸집을 만들기도 하고 벽이나 천정 공사도 내 집 짓는 일이라 여기고 구석구석 꼼꼼히 살핀다. 좀체 서두르는 법 없는 그를 두고 고용업자들은 혀를 끌끌 차면서도 모질게 채근하지 못한다. 손끝 야물고 일 처리도 빠른 인부가 아주 없는 것도 아니지만 다음 공사에 그를 제외시키지 않는다. 누구를 속이거나 꾀부리지 않는 성품이라는 걸 알기 때문이다. 밤을 꼬박 새워서라도 주문한 일은 반드시 해내기 때문이다. 아니다, 사실은 그의 남다른 이력 때문이다.

지금이야 그렇지만 그의 밥벌이가 처음부터 목수였던 건 아니다. 환갑의 나이에 늦둥이를 얻어 이름을 곧이곧대로 환갑이라 붙인 그의 아버지는 그가 초등학교 때 세상을 뜨셨고, 홀어머니마저 그가 중학교 때 지아비 뒤를 따르셨다. 나이 차가 큰 맏형집에서 농사일을 거들며 더부살이를 했지만 학업에는 도무지 취미가 없어 무작정 가출해 서울로 상경한 그가 안 해본 일이라곤 없다. 신문 배달, 중국집 배달원, 연탄 배달부, 야간유흥업소 보조사회자, 아파트 경비원, 택시 기사…… 사주팔자에 역마살이 끼어선지 한 곳에 정착하지 못하고 늘 바람처럼 떠돌았다. 안 가본 곳 없을 정도로 뭍을 전전하던 그가 어느 날 불쑥 제주행 배에 올랐다. 며칠 묵어 가려던 애초의 계획을 접고 아예 택시 회사에 취직까지 했다. 거기서 그녀를 만났다. 운명적인.

어느 새벽, 근무를 마치고 습관처럼 선술집에 들러 소주 두어 병을 비우고 노래방까지 들렀다가 월세방으로 향하는데 김밥을 말고 있는 분식점 아주머니가 눈에 들어왔다. 순간, 썰렁한 사무실 전화교환기 앞에 전동 휠체어를 고정시키고 앉아 철야 근무를 서고 있을 교환원 아가씨가 떠올랐다. 승객들의 콜 전화를 받아 기사와 연결해주는 일을 하는 하반신 불수의 그녀가 눈에 밟혀 김밥 석 줄을 샀다. 행여 식을세라 점퍼 지퍼를 열고 가슴에 단단히 품고서 승합차를 몰았다. 저런 저런…… 음주운전을 하고 만 것이다. 단속에 걸린 건 당연지사, 구속될 때 되더라도 사무실에 가 김밥은 전해줘야겠노라 여차저차 사정 얘기를 했는데 '뭐 이런 정신 나간 놈이 다 있어?' 하는 표정으로 연행하려 드는 경찰관에게 갖은 행패를 부리다 못해 소지하고 다니던 사냥용 엽총을 꺼내 죽어버리겠노라 자해 난동까지 부린 것이다. 결국 승복한 경찰관이 회사까지 동행했다. 난데없이 들이닥치더니 다짜고짜 품에서 김밥을 꺼내 책상에 펼쳐놓고 "식기 전에 어서 먹"으라는 남자와 그런 광경을 지켜보고 있는 경찰관, 그리고 남자의 속마음을 헤아린 여자의 울먹임으로 사무실은 돌연 숙연해지고…… 구속될 위기에서 300여만 원의 벌금을 대신 내준 여자와 남자는 며칠 후, 자연스레 살림을 합쳤다.

내가 이환갑 씨를 만난 건 원고 마감일에 쫓길 때면 이따금씩 찾곤 하는 제주의 어느 민박집에서다. 달랑 노트북 하나 들고 내려가 사나흘 방에 처박혀 두문불출하는 꼴을 지켜보다 못한 친절한 집주인 내외가 꿩 구이에 소주나 한 잔 하라며 성화를 부리는 바람에 내려갔다가 붙잡힌 술판에서다. 꿩도 소주도 먹지 못하는 나는 낯선 이들과 어울리는 일 자체가 고역이었던지라 이제나저제나 일어설 기회만 엿보고 있던 중 누가 듣거나 말거나 주절주

절 자신의 일대기를 내려놓는 추레한 중년의 사내가 안쓰러워 관심을 기울이면서였다. 그는 아내와 대판 싸우고 집을 뛰쳐나와 며칠째 승합차 안에서 숙식을 해결하고 있다며 너스레를 떨었다. 아참, 그는 목조건물 시공업을 겸하고 있는 민박집 주인이 신뢰하는 목수다. 그런 인연으로 자연스레 합석이 이뤄진 거다.

"어렵게 맺어진 부부인데 왜 싸워요. 한세상 김밥처럼 품에 따습게 보듬어주며 사시지."

"말도 마셔유. 고집이 황소고집 저리 가라여유. 붙어 있어 봤자 싸우기밖에 더 허것슈?"

두 사람 다 고집 값 하느라 무진장 싸운다. 그러고 나면 남자는 뒤도 안 돌아보고 집을 나와버리고, 그런 남자를 여자는 전동 휠체어를 몰고 사방으로 찾아 헤맨다. 듣고 있자니 복장 터진다. 헌데 남자 말이 일품이다.

"내가 속에 바람이 많어유. 태생이 그런 걸 어쩌것슈. 차 안에서 한 며칠 혼자 먹고 자고 홀아비처럼 지내다 보면 마누라가 보고 잡기도 허구, 불쌍하기도 허구, 밥이나 제때 챙겨먹는지 걱정도 되구…… 그래서 다시 기어 들어가는 거쥬."

4·3의 지난한 역사와 제주의 문화에 관심이 많던 나는 이환갑 씨의 사연에서 발상을 얻어 「한라산」이라는 제목의 시를 탈고

했다. 한 개인의 존재를 뛰어넘어 뜨겁고 아픈 제주 사람들의 정신을 서사 구도에 상징적으로 담고 싶었기에 부분 부분 픽션 처리가 불가피했다. 그리하여, 시에서 못다 한 이야기를 언젠가는 진솔한 산문으로 옮기고픈 맘 또한 간절했기에 글로 써도 되겠느냐 양해를 구했더니 "쓰셔유, 슨상님 맘대루. 써만 주신다믄 사즈희 가문의 영광이쥬 뭐" 한다. 그답다. 나보다 연배가 위인데 말끝마다 꼬박꼬박 '슨상님'이란다. 것도 그답다.

　　　제주 12번 해안도로 알작지에는
　　　월세 단칸방 기름보일러 멎은 지 오래여도
　　　술 마시고 구두 끈 오래 묶지 못해
　　　뒤축 꺾은 채 계산대로 직행하는 성미 급한
　　　목수 한 사람 살고 있는데요

　　택시기사 시절이었다지요 아마 사무실 직원 중에 휠체어
아니면 한 발짝도 떼지 못하는 전화교환원이 있었더랍니다
비번 날, 술이 거나해져 귀가하는데 말입니다 한창 나이에
연애 한 번 못 걸어보고 더더군다나 외지출입은 꿈도 못 꿔
봤을 여자가 눈에 밟히더라나요 뭐라도 먹여야 두 다리 뻗고

잠들 것 같아 가슴에 김밥 몇 줄 품고 달려와서는 늙은 아비처럼 권하는데 이 여자 목이 메어 한 입도 넘기지 못했다네요 그런 인연으로 살림을 합친 사람들이니 평생 안 싸우고 살 것 같지만요 그들도 다른 부부처럼 이따금 사네 못 사네 험하게 다투기도 한다는데요 그런 이튿날이면 아내를 등에 업고 해안에 나가 뜨는 해를 바라본다는

삼나무 향 짙게 밴 민박집에 삯일 나왔던 그를
술자리에 끌어들였다가
인간시대에나 나올 법한 사연을 귀동냥 했는데요
섬사내의 순정에 먹먹해져 나도 모르게 그만
한라산*을 한 입에
탁! 털어 넣고 말았지 뭡니까

–손세실리아 시 「한라산」 전문

그의 이력은 내게로 와 이렇게 시가 되고 산문이 되었다. 지금 나는 섬 사내의 순정을 도둑질해 시와 산문으로 한 땀 한 땀 지어 저잣거리에 내다 팔고 있는 중이다. 섬 사내의 이토록 눈물겨운 사랑에 세상이 송두리째 감염되기를 꿈꾸며. 그러고 보니 아직

그에게 시집 한 권 선물하지 못했다. 퍽도 무심타.

＊한라산: 화산 암반수로 빚은 제주 소주

공군 웹진 『공감』

수리수리 마수리, 얍!

"이젠 잊기로 해요~ 그댈 보내는 마음~ 그댈 떠나는 마음~ 정말 믿어지지 않아도 사랑했던 기억을 이젠 잊어야 해요⋯⋯."

벨칸토 소프라노 조수미의 애달픈 노래와 함께 액정화면에 발신인 정보가 뜬다. 서귀포를 도보로 여행하는 올레꾼들 사이에 '올레 왕언니', '올레 마마' 등 다양한 호칭으로 통하는 이유순 선생의 전화다. 켕기는 데가 있어 선뜻 받지 못하고 머뭇거리다가 받는다.

"천혜향 잘 도착했던가요? 편지는?"

"안 그래도 전화 드리려던 참인데 죄송합니다. 선생님 생각하면서 아껴 먹고 있습니다."

"아, 그럼 됐어요. 근데 시인님의 답장은 언제쯤 받아볼 수 있을까요? 목 빠지기 전에 얼른 써서 보내요."

대충 얼버무렸다간 그녀의 기다림에 무쇠 추 두어 개쯤 올려놓는 꼴이 될 것 같아 말한다.

"답장 대신 조만간 제가 내려갈게요. 그때 봬요."

"설마 편지 쓰기 싫어서 그러는 건 아니죠? 만약 그렇다면 가짜 시인으로 간주할 거예요."

이른 봄 고사리 채취를 시작으로, 가을철 잣나무와 편백나무 씨앗 채취를 거쳐, 초겨울 감귤 따기로 한 해를 마무리 짓는 그녀의 취미는 편지 쓰기다. 하루 두 통, 한 달 평균 40, 50여 통의 편지를 띄운다니 놀라울 따름이다. 헌데 정작 수신인들은 문자나 전화로 답장을 대신하거나 그마저 함구해버리는 경우가 대부분이라며 볼멘소리다. 우물쭈물하다가 전자의 기회마저 놓쳐버린 나로선 할 말이 없다. 한 줄 한 줄 아픔을 담아 써내려간 편지에 250원짜리 우표를 붙여 우체통으로 향했을 그녀, 그녀가 원하는 건 값비싼 선물도 문자도 전화도 만남도 아닌 육필로 써내려간 답장 한 통에 불과한데 그렇듯 소소하고도 간절한 바람 하나 충족시켜주지 못했으니 가짜 시인 소리 들어도 싸다. 변명의

여지가 없다.

돌아보면 내 시의 시발점은 지독한 독서와 편지 쓰기와 일기 쓰기와 무관하지 않다. 닥치는 대로 읽고, 틈만 나면 끼적였기 때문이다. 라디오 심야 음악프로의 편지 사연 단골 게스트이기도 했고, 캐나다에 사는 동갑내기와 한동안 영문 펜팔을 나눈 적도 있으며, 연애시절 내내 순정하고 애틋하고도 절절하고 아름다운 서신을 주고받았다. 이렇듯 삶의 자양분이던 편지를 홀대하다니…… 접고 살아가다니.

환갑 넘도록 올드미스인 그녀는 부자다. 일당 4만 원, 그것도 일 없는 폭서기와 혹한기와 궂은 날을 빼고 나면 벌이도 변변찮은데 "웬 부자?" 하며 고갤 갸웃거리겠지만 몰라서 하는 말이다. 그녀의 재산 목록은 바로 사람이기 때문이다. 마음 통하는 사람 말이다. 베풀기 좋아해 수중에 남아나는 게 없어도 마냥 행복하고 호기로운 그녀, 하지만 그 내면에 섬세하면서도 유약한 구석이 있다는 걸 서귀포 모 일간지에 투고한 시 「능소화」를 통해 엿보게 되었으니……, 다음은 그중 일부다.

　　내 방 낙수落水도
　　이보다 더 외롭진 않다

방 안으로 빗방울 뚝뚝 떨어지는 누옥, 앉은뱅이책상에 앉아 써 보낸 편지는 시리고도 시린 외로움의 모스부호였나 보다. 그런 마음을 판독하지도 못한 채 답장을 생략해버리다니, 난 정말이지 시인도 아니다. 하지만 언제까지 자책만 늘어놓을 순 없는 일, 오늘은 몇 글자 적어 우체통으로 향해야지 하는데 문득 불안하다. 아파트단지 입구 우체통과의 일별이 까마득해서다. 아직도 여전할까 싶어서다. 3년 전쯤, 집 근처 천지동 놀이터 우체통이 갑자기 행방불명돼버리는 바람에 1호 광장까지 발품을 팔고 다닌다는 그녀의 하소연이 생각나서다.

그녀가 사라진 우체통을 그리워하듯, 우체통도 어디선가 그녈 그리워하고 있을 것만 같아 담담하게 출발하던 여느 새해와는 달리 빨간 스웨터 차림의 우체통이 마술처럼 그녀에게 되돌아오기를 신년 벽두 소망으로 삼으며 엉터리 마술사의 주문이나마 외워본다.

수리수리 마수리, 얍!

서울체신청 사보 『마음이 통하는 사람들』

열애

올봄, 모 문학상 시상식장을 찾았다. 그때 얘기다. 무료하고 새로울 것 없는 시상식장의 식순 중 그나마 눈길을 끄는 건 수상자의 수상 소감 아닌가 싶다. 그것이 달변이건 눌변이건 상관없다. 지면을 통해 이미 그들의 생을 엿보았기에 숙연해지기도 하고, 함께 눈시울 붉히다가 감정이 북받쳐 울먹이는 순간엔 아낌없는 환호와 박수를 보내곤 한다. 왜 그렇지 않겠는가. 문인들 다수가 드라마틱한 곡절을 겪으며 오늘에 이른 이들이니 그럴 수밖에. 세련된 소감은 아닐지라도 이심전심이 되고 마는 까닭은 그와 내가 별반 다르지 않은 삶을 살아냈기 때문이리라. 헌데, 그날 신달자 선생의 소감은 지금껏 여느 문인들과 사뭇 달랐다.

"시를 쓴 지 올해로 43년째입니다. 지금쯤이면 시가 환히 꿰뚫어질 법도 한데 어찌된 일인지 신인 시절보다 더 어렵고 두렵습니다. 열정이 식으면 시가 눈치채고 나를 떠나버릴 것 같아 마음을 놓을 수 없습니다. 때문에 예전보다 더 치열하게 공부하고 사유하며 내 모든 생을 시에 몰두하며 지냅니다. 오죽했으면 수술실에 실려 들어가 마취 직전까지도 이 상황을 어떻게 시로 형상화할 수 있을까에 대한 고민을 했겠습니까. 사실 저는 누구보다도 제 시의 결점을 잘 압니다. 장황한 말과 지나친 수사도 고질적인 결점 중 하나지요."

선생의 수상 소감은 고해성사나 다름없었다. 자신의 시세계를 조목조목 짚어가며 단점을 낱낱이 토로하는데 소름이 돋았다. 전율이 일었다. 대체 시가 무엇이기에 몇 차례의 문학상 수상 경력과 여러 권의 스테디셀러 시집을 갖고 있는 그녀로 하여금 저토록 겸허하게 만드는 걸까? 경청하노라니 어느 결, 부실한 내 시가 들여다보였다. 낡은 문체, 뒤엉킨 문장, 설익은 시어……. 부끄러워 낯이 화끈거렸다. 시집 한 권이 이력의 전부인 까마득한 후배에게 귀감이 되었음을 선생은 내내 모르실 테다. 마음 그릇에 오래 담겨 있던 선생의 소감은 결국 내게 한 편의 시로 왔다.

저는 누구보다도 제 시의 결점을 잘 압니다

버리고 버려도 요소요소 눈에 띄는 형용사

상투적인 관념과 과도한 감상주의

어디 그뿐이겠습니까 장황한 말과

지나친 수사도 고질적인 결점 중 하나지요

짐작컨대 이 상은 남은 생애 동안

흠 없는 시를 쓰는데 전력투구하라는

당부가 아닐까 합니다 명심하겠습니다

초등학교 적 얘긴데요 훈화 말씀을

길게 하는 교장선생님이 계셨어요

횟배앓이와 영양부실인 아이들 서넛이

뙤약볕에서 픽픽 쓰러져 업혀 나가면 그제야

아쉬운 듯 구령대를 내려서곤 하셨지요

간단하게나마 오늘 훈화는 이것으로 끝!

, 하면서요

오늘 저도 이로써 수상 소감을 마칠까 합니다

간단하게나마

　　─손세실리아 시 「어느 시인의 간단치 않은 수상 소감」 전문

죽음의 문전에서도 시를 떠올리는 장인정신, 시를 향한 순정하고도 열렬한 사모지정이 독자들로 하여금 그녀를 젊은 시, 현역 시인으로 기억하게 하는 이유일 게다. 최근 선생의 새로운 시집 출간 소식을 접했다. 무릎을 탁! 내려치게 하는 제목이다. 수상 소감 속 선생과 절묘하게 맞아떨어졌기 때문이다. 이순耳順의 나이에 『열애』에 빠진 시인을 만나러 서점에 가야겠다.

〈국민일보〉

상수리나무 위 종이비행기

—이정록 시인께

"나한테 편지 한 장 써요. 나도 쓸 테니."

"연서요? 연서 아님 사양할래요. 빤한 글 뭐하러 써요, 재미없게."

각별하고 허물없기로 치자면야 악양의 박남준, 제주의 김수열, 서산의 유용주, 밀양의 고증식, 남원의 복효근, 안동의 안상학, 지리산의 이원규, 거문도의 한창훈…… 등 수두룩할 텐데, 굳이 날 지목한 이유가 뭔지 묻지도 않은 채 농담으로 응수하면서 깔깔거렸더랬죠. 그러면서 속으로 생각했더랬어요. 불과 6년 전, 첫 만남은 냉랭하기 그지없었는데 그 사이 무지 편한 사이가 됐구나, 하고. 기억나요? 전 생생히 기억해요. 작가회의 총회를 마치고 뒤풀이 장소로 이동하던 도중에 유용주 선배가 정록 씨와 나를 인사시켰던 일. 그때, 상황을 어떻게 표현해야 할까. '쟤 대체 누구지?' 딱 그 표정이었거든요. 아! 그렇다고 거만하다거나 무시하는 투는 아니었고 '무심'에 가까웠다고나 할까? 서운했냐구요? 아뇨. 솔직히 무안하긴 했지만 이해 못할 바는 아니었죠. 등단도, 변변한 발표작도 없던 때였으니 당연하잖아요. 하지만 얼마 안 있어 다시 만났을 땐, 발표작 잘 읽고 있노라, 살갑게 대해주던 모습을 보면서 '아! 이 사람은 저잣거리에서의 스치는 만남보다는 작품으로 기억하는 입력 장치가 발달해 있구나' 깨닫게 되었구요.

"남들보다 늦게 시작했으니 부지런히 써야지 이렇게 게을러서 언제 두 번째 시집 묶겠소? 시집 한 권으로 끝낼 작정이오?"

올여름, 그리운 몇몇 모였던 동학사 새벽 술자리에서 작정한 듯 건넨 충고에 속내 드러내놓고 납득시키거나 안심시키기는커녕 배시시 웃기만 했더랬지요. 화나지 않았냐구요? 천만에요. 오히려 고마웠지요. 외로운 시의 길, 끝까지 동행하고픈 이에겐 이따금 쓴소리 처방 아끼지 않는다는 거, 그 처방 실은 정록 씨가 자기 자신에게 먼저 내려 효험 거둔 바 있는 명약이라는 거 알거든요. 헌데, 그 대답 지금 해도 될까요? 정록 씨 기대에 부합할 좋은 시인이 될 자신은 없지만 한눈팔지 않고 시의 외길 묵묵히 걷겠노라는, 그러니 좀 기다려달라는.

시월의 마지막 날인 오늘, 흑빛 바다를 끼고 50여 개의 돈대와 개펄과 붉나무 숲이 고혹적인 강화나들길에 다녀왔습니다. 핸드폰도 꺼둔 채 예닐곱 시간, 대략 20킬로미터의 가을비 속 도보를 나는 '걷기 피정'이라 명명합니다. 종교인들이 들으면 코웃음 치겠지만 유념유상으로 출발했다가 무념무상이 되어 돌아오는 여정이니 내겐 피정에 다름 아니거든요. 전 지금 걷기를 마치고 돌아와 더없이 평온해진 상태로 이 편지를 씁니다. 봉함해 우체통에 넣을까 하다가 문득, 매주 월요일이면 교장선생님 몰래 학교 뒷동산에 오르곤 한다던 정록 씨 말이 떠올라 어렸을 적 기억 되짚어 종이비행기로 접었답니다. 키 작은 상수리나무 단풍 든 가지에 살짝 올려 놓으려구요. 그나저나 청설모가 채가기 전에 그대 손에 들어가야 할 텐데……

시 전문지 계간 『시안』

두모악에 전하는 안부

그와의 인연은 제주에 사는 K 선배가 보내온 한 통의 이메일로부터 시작됐다. 김영갑이라는 제목이 붙은 이메일은 그의 남다른 이력과 치열한 예술혼으로 말문을 터 현재 루게릭병으로 투병 중이라는 근황과 함께 그의 제주 사랑이 얼마나 각별한지에 대한 설명으로 급물살을 타더니 광화문 프레스센터에서 사진전이 열린다니 "바쁘더라도 꼭 다녀와라"로 맺음하고 있었다. 얼마 전 제주 출신 강요배 화백의 학고재 전시 소식도 알려준 바 있는 선배의 권유였으므로, 놓쳐선 안 될 당대의 빼어난 예술가로구나 싶어 찾은 서울갤러리에서 그의 사진 69점과 첫 만남을 가졌던 게 2005년 1월이니 벌써 5년, 세월 참 대책 없이 빠르다. 말 그대로 쏜살같다. 〈내가 본 이어도〉 이후, 그는 내게로 성큼 다가왔다. 거부할 수 없는 불가항력으로…… 숙명처럼.

사진전에 다녀온 다음 날 뭔가에 홀린 듯 제주행 비행기에 탑승했다. 그를 만나야겠단 생각 외엔 아무 생각도 들지 않았다. 관계 맺음에 신중한 평소와는 달리 머뭇거림이나 망설임이 전무했다. 어쩐지 그래야 할 것 같아…… 그리했다. 그냥, 그냥…… 말이다. 짧지만 강렬한 몇 장면의 인연이 예비 되어져 있으리라곤 상상도 못한 채 달려간 서귀포시 성산읍 삼달리 두모악갤러리, 여느 관람객들처럼 우선 전시관에 들었다. 사진과 사진 사이로 난 길을 따라 제주의 오름, 바당, 곶자왈, 중산간, 안개, 고사리장마, 바람, 잠녀, 산담, 파도……를 느릿느릿 이동하며, 계절과 계절을 넘나들기도, 단숨에 시공을 초월하기도 했다. 그러다 문득 봇물 터지듯 밀려드는 슬픔의 공복을 주체할 수 없어 질끈 눈 감기도 했으며, 휘청이다가, 울컥하기도 하면서 섬 속의 섬, 피안의 섬에 이르렀다.

섬 구석구석을 걷고 나니 그와 만나고 싶단 열망이 거짓말처럼 수굿해져 터벅터벅 갤러리를 빠져나오는데 등 뒤에서 전해져 오는 어떤 강렬한 느낌이 있어 뒤돌아보니, 세상에나…… 직사각 쪽창 안쪽에서 마른 수수깡과도 같은 한 사내가 나를 지켜보고 있는 것 아닌가.

김영갑, 바로 그다.

병세 따윈 묻지 않았다. 귀에 못이 박힐 정도로 들어온 말일 테니 말이다. 동정이나 연민의 시선도 그가 용납하지 않을 것 같았다. 오래 만나온 관계처럼 담담한 척했다. 어쩐지 그래야 할 것 같았다. 실제로 그는 매우 강건했으며, 유쾌했고, 신중했으며, 무엇보다 사려 깊었다. 물론 육신은 자판기 커피가 담긴 종이컵조차 들어 올릴 수 없어 직원의 도움을 받아야 했을 정도지만 정신만큼은 누구보다 맑게 빛났다. 그와 꽤 오랜 대화를 나눴던 것 같다. 전시 얘기, 사진 얘기, 시 얘기, 두모악까지 오게 된 경위…… 주저리주저리 늘어놓다가 궁금한 점을 솔직히 여쭀다.

"저… 잘 몰라서 그러는데요. 인쇄된 거 말고 손바닥만 한 크기라도 인화지에 현상된 진짜 사진을 소장하고 싶은데… 큰 건 구입할 형편이 안 돼서요."

그냥 달라는 게 아니라 구입하겠단 확고한 의지를 감지했던지 대뜸 이렇게 대답했다.

"시인이랬지? 허허… 시 써가지고는 내 작품 못 사. 그러니 눈에 실컷 담아 가."

그땐 몰랐다. 규격엽서 1장 크기로 호당 가격이 책정되는 그림과 달리 사진은 사이즈와 무관하다는 사실을. 그만큼 사진엔 무지했다. 그런 내가 오히려 순수해 보였던 걸까? 그는 갤러리 살림을 도맡고 있는 재은 씨에게 판매용 엽서와 달력, 사진집과 포스터, 저서 등을 포장하라 이르더니 내게 들려주며 말했다.

"선물이야. 포스터는 넉넉하게 챙겼으니 가까운 사람들 생일 같은 때 선물로 주고."

고맙단 인사를 못했다. 그 말만으론 어쩐지 너무 염치없는 노릇 같아서 목례만 올렸을 뿐이다.

"가서 편지 쓸게요. 그리고 다시 내려올게요."

막비행기로 일상으로 돌아와 잡다한 일에 파묻혀 지내는 동안 편지는 내내 빚이었다. 그러나 맘처럼 쉽게 써지진 않았다. 대신 재은 씨와 이따금 통화를 나누곤 했다.

"선생님은?"

"지난번 선생님 내려오셔서 얘기 나누신 게 최근 들어 가장 오래 앉아 계셨던 날이에요. 오늘은 아예 갤러리에 나오지 못할 정도였거든요. 하루가 다르게 부쩍 힘들어하시는 걸 지켜보자니 걱정이에요. 전화 왔다고 전해드릴게요. 그나저나 언제 오세요?"

"곧, 갈게."

그렇게 몇 차례 더 두모악을 오가는 사이 눈이 내렸다 녹았고, 수선화가 폈다가 졌다. 그는 여전히 내게 뭔가를 챙겨주려 애썼고, 그에게 약속한 편지는 내내 오리무중인 채로 4월이 왔다. 제주 관덕정 앞에서 4 · 3 추모제가 진행되는 도중, 일행에서 빠져나와 두모악으로 향했다. 어쩐지 불길한 예감이 스멀거려서다. 아니나 다를까, 두모악 쪽창에 그가 보이지 않았다. 어지간해선 웃음 잃는 법 없던 재은 씨가 풀 죽은 목소리로 전했다.

　"오늘은 도저히 힘들겠다시네요. 미안하단 말 꼭 전해달라셨어요."

　가슴이 덜컥 내려앉았다.

　"괜찮아. 난 괜찮다고 전해줘요. 갤러리에 온 것만으로도 이미 선생님 뵌 거나 마찬가지라고, 그러니 신경 쓰지 말라고."

　자판기 커피가 식어 빠지는 것도 모른 채 망연자실 서 있는데…… 그가 나타났다. 꿈결처럼 홀연히…… 그렇게 내 앞에 나타났다. 입김만 불어도 날아가 버릴 것 같은 그가 멀리서 온 나를 그냥 보낼 수 없었던지 비칠비칠 허청허청 직원 품에 안기다시피 걸어 나왔다. 목울대에 뜨거운 무언가가 훅! 솟구치는 걸 꾹꾹 다독여가며 그와 마주했다. 이게 마지막일 거란 예감에 괴로웠으나 들키고 싶지 않아서 눈물, 독하게 참았다. 대신 많이

웃었다. 말도 안 되는 말을 지껄였지 싶다. 실은 아무 생각도 나
지 않는다. 시간이 더디……, …… 흘렀다는 것밖엔.
  돌아와 시를 썼다.

  아무것도 취하지 않았다 고집하지도
  않았다 포획하기도 전에 이미 그대
  생의 일부였다가 전부이기도 했던
  제주의 구름 바람 오름

  약속한 편지 한 줄 여태 쓰지 못했으나
  나의 가슴벽은 수시로 웅웅거렸다
  그때마다 굳어가는 그대 망막 속
  이어도를 배회했다
  이쯤에서 쓸데없는 소리 그만두라며
  피식 웃어주면 좋겠다 그럴 여력이라도
  제발 남아 있기를

  쪽창 너머 무연한 눈길로 그대 나를
  배웅한 지 한 계절이 훌쩍 울담을 넘었다

두고 온 두모악 뜨락

눈발 속 키 작은 수선화는 다 졌을 테고

창백하기 그지없던 그대 이마

봄볕에 조금은 그을렸을까 그랬을까

손가락 근육 한 올 그새 또

석고처럼 딱딱해졌을지 모를 일이나

그대 사는 섬 나 다시 찾는 날

우리 처음 만났던 그날처럼

손바닥만 한 쪽창에 앉아

나 마중해주시기를, 부디

　　　-손세실리아 시 「두모악에 전하는 안부」 전문

쓰지 못한 편지는 결국 시가 되어 내게로 왔다. 그게 5월 중순
이다. 그리고 며칠 지난…… 29일, 재은 씨의 전화를 받았다.

"선생님 운명하셨습니다. 사흘 전부턴 물 한 모금도 못 넘기시
더니 끝내……. 생전에 가까운 몇 분께는 직접 연락드리는 게 도
리일 것 같아서……."

이승에서의 마지막 날, 두모악 쪽창에 앉아 목 길게 빼고 기다

릴 것 같아 제주로 날아갔다. 5월의 꽃들이 색색의 만장처럼 미풍에 떨고 있었다. 흐느끼고 있었다. 두모악, 그가 폐교 운동장을 임대해 가꾼 지상의 천상 정원에서 거행된 최후의 만찬엔 전국 각지의 지인들이 참석해 그를 배웅했다. 그렇게 그는 떠났다. 고통 없는 세상으로. 그러나 그를 그리워하는 나의 기억 속에 그는 여전히 현존하는 인물이다. 그와의 인연이 과거형이 아닌 현재진행형인 게 이를 증명한다. 사진이 뭔지도 모르던 까까머리 중학생 시절, 삼촌이라 부르던 그를 쫓아 섬 구석구석을 누비며 몸으로 사진의 기본을 습득한 '두모악갤러리' 관장 박훈일 씨와의 만남도 그 한 예다. 한 컷의 사진을 얻기 위해 벼랑 끝으로 자신을 내몰곤 하던 젊은 김영갑, 나와의 인연이 시작되기 훨씬 이전의 그를 주위 사람들의 회상을 통해 만나는 일이란 얼마나 가슴 벅차고 설레는 일인지. 생생한 황홀함인지.

"나는 행운아야. 선택받은 삶이지. 난개발 이전의 제주를, 인간의 언어로는 표현할 길 없이 아름다운 제주를 사진에 담을 수 있었으니 말야."

섬을 사랑하다 스스로 섬이 되어버린 김영갑, 그가 죽음을 목전에 두고 내게 들려준 말이다. 목숨에 대한 열망도 체념도 신에 대한 분노도 없이 굳은 혀로 담담하고 평온하게 말하던 그, 그는 알까? 그를 만난 내가 얼마나 큰 행운아인지, 선택받은 삶인지.

故 김영갑 5주기 추모집 『김영갑』 (휴먼 앤 북스)

북에서 만난 시인

업무차 호치민에 다녀온 남편이 현관문을 들어서자마자 물었다.

"혹시 오영재라는 사람 알아?"

"오영재? 첨 들어보는데?"

"북한에선 유명한가 봐. 계관시인이래."

"계관시인이라면 국가나 왕에 의해 공식적으로 임명받은 시인이나 호칭을 뜻하는 거 아닌가? 근데 뜬금없이 그건 왜?"

"그 사람 시를 봤는데 눈물이 나서…."

"정말? 제목 기억해?"

북한 시라면 주체사상과 김일성을 찬양하는 내용이 주를 이룰 것 같은데 대체 어떤 시를 읽었기에 아직까지 눈빛이 물빛으로 아련하게 출렁일까 싶으니 마음 조급해져 자초지종을 재촉했다.

"일 마치고 시간이 남아서 가까운 시장통 도가니탕집엘 갔지. 건물 외관만큼이나 우중중한 벽에 시가 걸려 있잖겠어? 음식이 나오는 동안 무심코 읽었어. 그런데 너무 좋은 거야. 그래서 재차 읽고 있는데 사장이 다가와 묻더라구. 시에 관심이 많으신가 보죠? 하고. 그래서 대답했지. 아! 집사람이 시인입니다. 그럼 부인께서는 저희 형님을 아실지도 모르겠군요. 북한에서 알아주는 계관시인이거든요."

오영재
조선작가동맹 중앙위원회 · 시인

네이버 인물 검색이 제공하는 프로필이다. 정보 제공에 관한 한 시시콜콜하다 싶은 생각이 들 정도로 친절하고 상세한 평소 네이버답지 않다. 하여, 다른 경로를 통해 검색해보기로 했다. 다행히 한국 브리태니커 사이트에서 상세히 기술된 내용을 얻을 수 있었다. 그중 필요한 부분만 간략하게 요약하자면……

"1935년 강진 출생, 교사인 아버지를 따라 강진과 함평 등지에서 학창시절을 보냈으며 6 · 25 전쟁이 발발하자 16세의 나이로 인민군에 입대했다. 전쟁이 끝난 후 1953년 시 「갱도는 깊어 간다」 발표를 시작으로 활발한 시작 활동을 전개했으며, 북한 문 단을 주도하는 시인으로 평가받고 있다. 1989년 3월에는 남북작 가회담 예비회담 대표를 맡았고, 그해 5월 김일성상을 수상해 계 관시인이 되었다. 조국통일범민족연합 북측본부 중앙위원을 거 쳐, 1995년 12월에는 노력영웅 칭호를 받음으로써 현재 북한에 서 '최고 시인' 대우를 받고 있다."

남편을 숙연하게 한 시가 궁금했다. 게다가 북한시인이라니… 더더욱!

블로그며 카페며 웹사이트 곳곳에 소개된 바 있는 몇 편의 작 품 가운데 어머니와 관련된 시편을 찾아 이거다 싶은 작품이 있 기에 보여주며 맞나 물어봤다. 고개를 크게 끄덕인다.

늙지 마시라
더 늙지 마시라 어머니여
세월아 가지 말라
통일되어
우리 만나는 그날까지라도

이날까지 늙으신 것만도

이 가슴이 아픈데

세월아 섰거라

통일되어

우리 만나는 그날까지라도

너 기어이 가야만 한다면

어머니 앞으로 흐르는 세월을

나에게 다오

내 어머니 몫까지

한 해에 두 살씩 먹으리

검은 빛 한 오리 없이

내 백발이 된다 해도

어린 날의 그때처럼

어머니 품에 얼굴을 묻을 수 있다면

그다음엔

그다음엔

죽어도 유한이 없어

그 세월을 앞당기는
통일의 그 길에서
가시밭에 피 흘려도
내 걸음 멈추지 않으리니

어머니여 더 늙지 마시라
세월아 가지 말라
통일되어
내 어머니를 만나는 그날까지라도

－오영재 시 「늙지 마시라」 전문

　소년시절 인민군에 입대해 월북한 아들이 북한의 최고 시인이
되어 남한의 어머니께 바치는 절절한 사모곡이다. 이념, 주체,
사상 등이 개입될 여지가 없는 명편이다. 절창이다.
　분단의 종식은 요원한데 세월은 속수무책 흐르고, 애가 타다
못해 닳고 닳은 시인은 "늙지 마시라/ 더 늙지 마시라 어머니여"
흐느끼다가, 통곡하다가, "세월아 가지 말"라 부탁해보기도, "세
월아 섰거"라 호령해보기도 한다. 그러다 체념한 듯 "기어이 가
야만 한다면/ 어머니 앞으로 흐르는 세월을/ 나에게 다오/ 내 어

머니 몫까지/ 한 해에 두 살씩 먹으리" 애원하고 통사정한다. 그렇다고 어머니 대신 늙어줄 수도, 어머니 몫까지 나이를 먹을 수도 없으니 그 심정 오죽 애통할까.

남북작가대회, 6·15 공동선언 실천을 명분으로 한 남과 북 작가들의 만남은 난항에 난항이 거듭되다가 2005년 7월 성사됐다. 분단 60년 만의 쾌거다. 인천공항을 이륙한 고려항공 전세기는 눈 깜짝할 사이에 평양 순안공항에 착륙했다. 김포공항에서 광주공항까지의 비행 시간쯤 될까? 예상 못했던 바도 아니건만 팽팽하던 긴장감이 삽시간에 풀어졌다. 이토록 가까운 거리에 혈육을 두고도 오매불망 그리워만 하다 천추의 한을 품고 유명을 달리한 수많은 이산가족들을 떠올리자니 분노와 슬픔이 동시에 치받쳤기 때문이다.

북측 형편은 언론매체를 통해 알고 있던 것보다 훨씬 심각했다. 고려호텔 인근 아파트 창틀은 알루미늄 새시 대신 각목이, 유리 대신 비닐이 덧대지거나 끼워져 있었고, 대낮 탑승한 지하철은 텅텅, 물자 수송용 트럭 통행은 도무지 눈에 띄지 않아 생산 시설의 중단을 미루어 짐작하게 했다. 게다가, 한결같이 검게 그을리고 왜소한 청소년들과 초저녁… 서울의 불야성과는 너무도 판이한 암흑정적 속 평양시내……, 이 모두를 음음적막陰陰寂寞

이라 할까? 해둘까?

정해진 일정 내내 북측을 대표하는 작가들과 동행했으나 개인적으로 자유롭게 담소 나눌 시간은 주어지지 않았다. 하여, 불과 몇 달 전, 호치민의 어느 허름한 식당 주인이 벽에 붙인 시에 관심을 갖는 한국인 손님에게 자랑스럽게 소개했다던 바로 그……'계관시인'과 얘기 나눌 기회도 쉬 생기지 않았다. 사소한 일에도 남은 일정이 무산될 수 있으므로 정해진 규정을 지키기로 한다. 인연이면 만나지겠거니 때를 기다리던 나흘째 되던 날이던가?

김일성 주석의 항일무장운동 과정과 성과를 기념하기 위하여 무장항쟁의 과정을 조각하고 그 가운데 엄청난 크기의 김일성 주석 동상을 세워놓은 삼지연 광장을 둘러보고 버스로 향하던 중 그와 나란히 걷게 되었다. 까무잡잡한 피부에 백발의 호남형인 그에게 먼저 인사를 건넸다. 그리곤 이어서 호치민에서의 얘기를 들려줬다. 둘 사이에 잠시 잠깐의 침묵이 흘렀던 것 같다. 이윽고 주위를 살피더니 목소리를 낮춰 저간의 사정을 물었다. 회사 생활 정리하고 호치민에서 한국 식당을 하는데 꽤 잘되는 것 같다는 둥, 형님이 쓴 시를 식당 벽에 붙여놓았다는 둥, 형님을 퍽 자랑스럽게 여긴다는 둥, 형님 안부를 궁금해하더라는 둥……, 아는 만큼 근황을 전했다. 안 그래도 막내동생 소식을 몰라 궁금했는데 잘 지낸다니 다행이라며 거푸 인사를 했다. 하여, 약속했다. 혹시라도 호치민에 갈 일이 생기거든 아우에게 형님 안부도 전하겠노라는.

하지만 그 약속은 아직까지 지켜지지 못한 채다. 어쩌면 끝끝내 전하지 못하고 말지도 모를 일이다. 그러나 폐쇄된 북의 형과는 달리 아우야 인터넷 검색만으로도 형의 안부 정도는 손쉽게 접할 수 있는 세상에 살고 있으니 어쩌면 이미 알고 있으리라 여기며 스스로 위안 삼기도 한다.

위의 시 「늙지 마시라」는 1991년에 발표됐다. 당시 생존해 계시던 시인의 어머니는 아들의 바람을 뒤로 한 채 지금은 남양주 모란공원에 안치되셨단다. 세월에게 애원하고 부탁하고 협박까지 해가면서 어머니가 늙지 않기만을, 통일되어 만나는 그날까지 살아 계시기만을 염원하던 시인의 기원은 결국 수포로 돌아가고 말았으니…… 오호 통재라! 오호 애재라!

우여곡절 많았던 남북작가대회를 마치고 돌아오던 날, 먼발치에서 눈빛으로 건네는 북녘 계관시인의 애틋한 작별 인사를 감지했다. 나 또한 그의 시 일부를 빈 고별 인사를 허공에 남겨놓고 떠나왔다.

"더 늙지 마시라/ 세월아 가지 말라/ 통일되어/ 만나는 그날까지"

　다시 만날 것을 기약하며 헤어지던 날, '6·15 공동선언 실천을 위한 민족작가대회'를 기념해 문학예술출판사가 출간한 시집 『내 민족 내 핏줄』을 선물 받았다. 거기 이렇게 써 있다.

　　평양에서 알게 되어 기쁘고 행복합니다

　곧 성사되리라던 제2차 남북작가대회는 정권교체 후 냉전모드로 돌입하더니 오리무중이 되고 말았다. 때문에, 다시 만나게 되는 날 건네야지 싶어 사인까지 해서 보관해둔 내 첫 시집도 전할 길 막막해져 벌써 5년째 서가에서 낡아가는 중이다. 살아생전 과연 그를 다시 만날 수 있을지 생각하면 암담하고, 막막하고, 쓸쓸해지기도 하는데 그럴 때면 아직 주인에게 전해지지 못한 시집의 표지를 펼쳐 거기 적어놓은 한 줄 소회를 주문처럼 가만가만 읊조려보기도 하는 것이다.

　서울에서 다시 뵙게 되어 기쁘고 행복합니다

　진보생활문예지 격월간 『삶이 보이는 창』

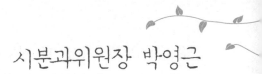

시분과위원장 박영근

2004년 봄, 아직은 이른 일요일 아침, 긴히 의논할 게 있어 집 근처에 와 있으니 잠깐 나오라는 전화를 받았다. 평소 각별하게 지내는 사이도 아닌지라 다소 의아했지만 풍문으로만 전해 듣던 택시비 대납이나 술값 결제 때문이겠거니 싶어 지갑 속 현금을 되는 대로 챙겨 들고 그가 말해준 지점으로 걸음을 재촉했다. 적당한 핑곗거리를 대거나 정중히 거절하지 못한 나 자신의 우유부단함에 대해 다소 짜증도 났지만 얼마나 다급했으면 그토록 많은 일산의 문인들 중에 그다지 친하지도 않은 나를 호출했을까 싶으니 짜증보다는 연민이 앞선다. 만취했으리라 넘겨짚었는데 웬걸 맨정신에 가깝다. 게다가 빚쟁이 같은 택시기사도 없고

해장술 대작도 청하지 않는다. 예상 각본에서 빗나가도 한참이나 빗나간지라 도무지 종잡을 수 없는 기분과 동시에 직감적으로 잘못 짚었단 판단이 들었다. 한편으론 썩 내키지 않는 상황은 모면했구나 싶은 안도감으로 가슴을 쓸어내리며 콩나물국밥집으로 안내했다. 이른 아침 중년의 남녀가 동네 커피숍을 찾는 일도 모양새가 그리 좋아 보이진 않거니와 커피 값이면 아침식사를 해결할 수 있으니 실리적이지 않은가. 몇 숟가락 뜨는 둥 마는 둥 하더니 아니나 다를까 소주를 주문한다. 술기운 아니면 도무지 말을 꺼내지 못하겠나 보다. '대체 어떤 얘긴데 이렇게 뜸을 들이지?' 궁금했으나 재촉하지 않았다. 아니 사실은 듣고 싶지 않았다. 어쩐지 거절하기 곤란한 부탁일 것 같아서다. 소주를 반병쯤 비웠을까? 비로소 말문을 열어 다짜고짜 하는 말.

"손 형! 나 좀 도와줘야겠소."

"뭘요?"

"작가회의 시분과위원장을 맡게 됐소. 염(염무웅) 선생께서 날 지목하셨다는데 손 형도 알겠지만 난 직책 같은 거완 어울리지 않는 사람이잖소. 하지만 솔직히 잘해보고 싶소. 그러니 손 형이 간사를 맡아 나를 좀 도와줘요."

생각하고 말고 할 것도 없이 사양했다. 아니 단호히 거절했다.

예상했다는 듯 말한다.

"지금 당장 답을 듣자는 게 아니니 고민해봐요. 일주일? 열흘? 보름? 기다릴게요."

"죄송한데 전 아녜요. 보름이 아니라 한 달 아니 그 이상을 주셔도 제 입장은 변하지 않을 테니 다른 분을 찾아보세요."

그렇게 헤어지고 난 후 5일 간격으로 그가 전화를 걸어왔고, 그때마다 나의 대답은 한결같았다. 20여 일이 지났을 무렵, 어찌된 영문인지 그와 막역한 중견시인 몇 분이서 거들고 나섰다.

"거 웬만하면 도와주지그래."

어디에도 내 편은 없다. 모두 그의 편이었다. 실로 난감했다. 잘못한 일도 없이 인심 잃을 판이다. 결국 수락했고 난 그날로 졸지에 민족문학작가회의라는 문학 단체의 시분과위원회 간사가 되었다.

위원장으로서 그가 갖는 긍지는 실로 대단한 것이어서 정치적·사회적 현안 문제에 앞장서 입장을 피력하는 경우는 전무했지만 드러나지 않는 곳에서 매사에 열정적이었고 애정 또한 깊었다. 임기 2년여 동안 열린 크고 작은 문학 행사도 열정의 소산이라 할 수 있겠다. 밀실에 틀어박혀 시를 쓰는 시인들이 시로써 광장을 향해 자기 목소리를 낸다는 건 세상이 평탄치 않음을 의미

한다. 안팎으로 소란스러웠단 뜻이다. 다음은 그가 위원장으로 재직 당시 기획, 실행한 주요 문학 행사다.

새만금에서 건져올린 생명과 평화의 시 새만금을 반대하는 27인 릴레이 신작시 연재-《한겨레신문》

반전평화 시낭송의 밤 광화문 네거리

동북아 평화를 염원하는 민족문학의 밤 대학로 마로니에 공원

전쟁 반대 파병 반대 신작시 릴레이 발표-(사)민족문학작가회의 홈페이지

금주의 추천시 문학지 발표 근작-(사)민족문학작가회의 홈페이지

박석무의 한시교실

업무 지시와 보고는 주로 전화를 이용했고, 이사회 활동 보고서 등의 전달은 컴맹인 그를 대신해 작가회의 사무국 대표 이메일을 사용했다. 가까이에서 지켜본 그는 예상외로 비조직적이고 소극적인 구석이 많았고, 거친 듯 유약했으며, 활달한 듯 보였으나 낯가림이 심했다. 게다가 의외로 겁이 많고 소심할 정도로 신중했다. 투쟁적 삶을 살아왔으니 투사적 성향이 강하리라 여겼는데 아니다. 이러한 뜻밖의 모습이 처음엔 당혹스러웠지만 인

간적인, 지극히 인간적인 모습으로 비춰져 나중엔 오히려 그를 이해하게 되는 계기가 되기도 했다. 어느 순간부턴지 공적인 업무 말고 개인사를 토로하는 일이 빈번해졌다. 각별하다고 여겼던 걸까? 신뢰가 쌓였던 걸까? 자신을 등지고 떠나버린 아내가 보고 싶어 미칠 것 같다며 흐느끼는가 하면, 인사불성으로 취해 전철을 탔다가 잠드는 바람에 거기 갇혀 밤을 지새우고 빠져나 왔다며 허탈하게 웃기도 했고, 금주 선언을 한 지 일주일 만에 절주 선언으로 말을 바꾸기도 했다. 또 어느 날엔가는 사랑 그 뼈저린 쓸쓸함에 대해 탄식하며 울먹이고 또 울먹였다. 그뿐인가, 문단의 오랜 벗들과 소원해졌노라 몹시 괴로워하기도 했다. 늘 그렇듯 그는 무시로 내게 전활 걸었고 난 어쩐지 그의 전화만큼은 받아줘야만 할 의무를 지닌 사람처럼 순순히 받아 고백 혹은 독백을 묵묵히 경청했다. 어쩌면 그는 나를 고해소 같은 존재로 여겼을지 모르겠다. 내밀한 사연을 공유할 상대가 있다는 것만으로도 다소간 위안이 되고, 발설 그 자체만으로도 홀연해지는 그런.

마지막 그와 만난 게 언제였더라? 박철 시인과 영종도에 인터뷰하러 갔다가 돌아오는 길, 여기까지 왔는데 영근이나 보고 가잔 제안에 무작정 인천 방면으로 방향을 틀었던 날이다. 술집이 아닌 커피숍을 약속 장소로 정한 그는 금주 중이라며 겸연쩍게 웃었다. 웃을 때마다 볼이 움푹, 움푹 꺼졌다. 어쩐지 짠했다. 반가움 역력함에도 불구하고 기운이 없는지 말을 아꼈다. 그게 내게 각인된 그의 마지막 모습이다. 이후, 새벽전화는 걸려오지 않았다.

세월은 무심한 듯 유심히, 때로 또 무심히 흘러 돌아오는 오월이면 그가 떠난 지 벌써 5주기째다. 그리움 중증으로 앓는 누군가는 두 팔 걷어붙여 술상 차려낼 테고, 누군가는 추모시를, 또 누군가는 추모가를 준비할 테지. 허망하게 서둘러 세상을 뜬 벗에게 아직 화가 덜 풀린 누군가는 연거푸 술잔만 비울 테고, 한때 그의 오른팔이었던 나는 핸드폰 전화번호부에 저장된, 아직 지우지 못한, 아니 결코 지울 수 없는 전화번호를 검색해 들여다보며 마치 액정 안쪽에 그가 살아 있는 양, 금방이라도 취해 어눌한 음성으로 '여보세요?' 할 것만 같아 울컥, 울컥! 할 테다. 각자 고유한 방식대로 자기만의 박영근을 회고하다 날이 밝으면 일상으로 총총 돌아갈 테고, 그렇게 세월은 유심한 듯 무심히, 때로 또 유심히 흘러갈 테지.

선배 그거 알아요?

내 휴대전화엔 아직 선배가 저장돼 있다는 거

몇 번의 기기 변경과

전화번호부 수시 정리에도 불구하고

선배 것만은 손대지 않았다는 거

한 번쯤은 통화키 꾹 눌러서

요즘은 왜 통 전화 안 하는 거냐고

전화도 안 할 만큼 거기가 그렇게 좋으냐고

물어볼까 싶다가도

전화 걸어온 쪽은 언제나 선배였고

난 늘 받는 입장이었으니

당혹스러워할까 봐 그마저 접고 만다는 거

짐승처럼 울고 웃고 노래하고 중언부언하다가

까무룩 잠들어버리곤 하던 새벽전화

걸려올지도 몰라 전원 켜둔다는 거

그런데 선배 그거 알아요?

고작해야 몇 안 되는 숫자를

삭제하지 못하는 진짜 이유는 따로 있다는 거

할 줄 아는 거라곤 시 쓰는 일

가진 거라곤 다섯 권의 시집이 전부인

한 사내의 쓸쓸한 자취를 간단히 지워버리는 일이

비정하고 눈물겨워서 대단히 폭력적이어서

그래서…… 그렇다는 거

−손세실리아 시 「박영근」 전문(故 박영근 4주기 추모시)

박영근 1958년 전북 부안 출생. 1981년 『반시』 6집에 시 수유리에서 등을 발표하면서 시단에 나왔다. 시집으로 『취업공고판 앞에서』 『대열』 『김미순傳』 『지금도 그 별은 눈뜨는가』 『저 꽃이 불편하다』와 산문집 『공장 옥상에 올라』 『오늘, 나는 시의 숲길을 걷는다』를 펴냈으며, 유고시집 『별자리에 누워 흘러가다』가 있다. 제12회 신동엽창작상과 제5회 백석문학상을 수상했고, 민족문학작가회의 시분과위원장을 역임했다. 2006년 5월 11일 결막성 뇌수막염과 패혈증으로 타계했다.

시전문지 계간 『시평』

제3부 사랑한다는 말

난데없이 불쑥, 훅!

– 이병률의 시 「사랑의 역사」를 읽고

왼편으로 구부러진 길, 그 막다른 벽에 긁힌 자국 여럿입니다

깊다 못해 수차례 스치고 부딪힌 한두 자리는 아예 음합니다

맥없이 부딪혔다 속상한 마음이나 챙겨 돌아가는 괜한 일들의 징표입니다

나는 그 벽 뒤에 살았습니다

잠시라 믿고도 살고 오래라 믿고도 살았습니다

굳을 만하면 받치고 굳을 만하면 받치는 등 뒤의 일이 내
소관이 아니란 걸 비로소 알게 됐을 때

마음의 뼈는 금이 가고 천장마저 헐었는데 문득 처음처럼
심장은 뛰고 내 목덜미에선 난데없이 여름 냄새가 풍겼습니다

　－이병률 시 「사랑의 역사」 전문

　그대 이 오랜 응시가 느껴지는가, 이 낯설음이 감지되시는가.
나는 지금, 고작 네 살 아래일 뿐인데 10년은 더 어려 보이는 퍽
동안인 그대 이목구비를 뚫어져라 바라보고 있다. 구도와 각도,
거리를 사전에 치밀히 계산해놓고서 보행 중인 그대를 누가 불
러 세웠던 걸까? '이병률 씨!', '이 선생님!', '이 시인님!' 하고.
흑백 사진 속 표정을 미루어 짐작컨대 사진사와 그대는 호형호
제할 정도의 친분은 아닌 듯하다. 다소 어색한 듯 굳은 표정이
저간의 정황을 뒷받침해주고 있다. 만약 그를 '어이, 이 시인!'
혹은 '이 형!' 이도저도 아니면 '병률 씨!' 라고 호명할 수 있는
막역한 관계였더라면 결코 지금 저와 같은 표정은 짓지 않았으

리라. 사진을 통해 채집할 수 있는 그대의 코드는 오만함과 무심함이다. 누구도 거리낄 것 없다는 듯한, 무엇에도 마음 식목한 적 없는 듯한. 아니, 어쩌면 누구에게도 호락호락 자신의 감정을 들키고 싶지 않아 아무 일도 아니라는 듯 상반된 두 표정을 절묘하게 연출했을지도 모르겠다. 가령 그랬다 치자. 그렇다면 그대, 그대는 대단히 뛰어난 스타일리스트이다. 단언컨대, 엄지손가락 한 마디만 한 프로필 사진 하나로 나를 이리도 오래 붙잡아둔 사람은 여태 누구도 없었다. 월간 『현대시학』 7월호 140쪽, 턱부터 귓불을 잇는 턱선이 예사롭지 않은, 젊은 한 그대를 떠올리며 방치해둔 지 오래인 오디오에게 잿빛 음울한 노래를 청한다.

You are a drug to me/ I never ever thought it otherwise/ And I love the lies you've told to me/ While looking me directly in my eyes(당신은 내게 마약 같은 존재야/ 그밖에 달리 생각해본 적은 없어/ 내 눈을 똑바로 바라보며 말하는/ 당신의 거짓말을 나는 사랑해)

-The Czars, 〈Drug마약〉 일부

나는 아직 사랑에 정직하지 못하다. 포괄적 인류애와 가족애를 한 그대를 사랑하는 일과 철저히 구분지어 사고한다. 그래야 한다고 주기적으로 주입시킨다. 불특정 다수를 향함에 있어 유쾌하게 사랑을 입에 올리곤 하지만 정작 한 그대를 향한 '사랑'에는 함묵하고 만다. 다녀갔거나, 왔거나, 문전에 와 있을지 모를 한 그대를 매순간 의식하라 한다. 이 무슨 말도 안 되는 이율배반이냐 물어도 하는 수 없다. Drug! 그래, 맞다. 내게 있어 사랑은 아직 Drug! 같은 것일지도 모른다. 안전지대 같지만 잠시 한눈이라도 팔라치면 곳곳이 사각지대인 불혹. 흥분을 삼가라 한다. 도발적이고도 즉흥적인 감정 노출로부터 철저히 자신을 은폐시키라 한다. 쉿! 어떤 발설도 금하라 한다. 이것은 아직 내가 사랑을 탐닉할 소지를 다분히 지니고 있다는 반증이다. 사랑이라는 단어를 혀끝에 올려놓고 입안 요리조리 굴려만 보아도 벌써부터 한가득 침이 괴어온다. 환각적이며 위태롭다. 아찔하다. 그렇다면 그대는?

*

왼편으로 구부러진 길, 그 막다른 벽에 긁힌 자국 여럿입니다

깊다 못해 수차례 스치고 부딪힌 한두 자리는 아예 음합
니다

맥없이 부딪혔다 속상한 마음이나 챙겨 돌아가는 괜한 일
들의 징표입니다

그대 충실한 사랑의 기록을 또박또박 옮겨 적는다. 자음과 모
음이 만나 문자를 이루고, 다시 행이 성립되어가는 과정을 지켜
보는 자주색 뿔테 안경 속 동공이 닫혔다 열리기를 수차례 반복
한다. 출렁이기 시작하더니 기어코 차오른다. 결국 넘치고야 만
다. 막다른 벽이라 설정해놓은 "긁힌 자국 여럿"과 맞닥뜨린다.
곧게 뻗지 못하고 "왼편으로 구부러진, 그 막다른 벽"의 "긁힌 자
국"에 가만 손을 얹어본다. 쓰라리다. 얼얼하다. 곧고 반듯한 길
목 어귀가 아닌 휘어진 길이었던 게로구나, 그대. 더 이상은 구부
러질 데조차 없는 "막다른" 길목에 서 있었던 게로구나. 햇살 한
바닥 내리쬐지 않는 거기서 무척이나 창백한 나날을 보냈겠구나.
그런 관계였구나. 그리하여, 그대 말마따나 "음"했구나. 모든 관
계의 이면이었겠구나, 어쩌면 세상의 사각지대, 거기 오래 머물
렀을 수도 있었겠구나.

듣고 계신지, 그대. 기타를 튕기는 가늘고 긴 손가락, 환장할 베이스 음, 음울한 읊조림, 그것들이 가져다주는 먹장구름, 표정 없는 침울함, 한 바닥 그늘, 그대 말마따나 陰하지 않은가. "맥없이 부딪혔다 속상한 마음이나 챙겨 돌아가는 괜"한 그대와 또 다른 그대가 한때 등 기댔던 곳, 무너질 것 같은 生을 떠받치고 버티게 해줬던 모든 "징표"를 마주한다. 빌어먹을, 그것도 "깊다" 못해 아예 한두 자리 "음"하기까지 한 관계의 "막다른 벽"의 "긁힌 자국" 여럿을 가만 들여다본다.

*

　　나는 그 벽 뒤에 살았습니다

　　잠시라 믿고도 살고 오래라 믿고도 살았습니다

도발적 사랑이 아니었구나. 한시적 사랑이 아니었구나. 오래 기다릴 줄 아는, 신앙과도 같은 세월을 버텨낸 게로구나. 때로 "잠시라 믿"고도 싶었겠으나 그러한 자신을 자책하고 단속하며 최면에 걸린 듯 "오래라 믿"고 지금껏 살아왔구나. 그래, 숙명처럼 받아들인 세월이었겠구나. 그대 시인이여, 그런데 어쩌자고 그대 이토록 아픈 사랑을 기술하셨는가. 도대체 어쩌자고 그대와 그대의 한 그대의 지난 자취를 추적해가는 나를, 사랑을 맹목적으로 신봉하기엔 어정쩡한 나를, 속수무책 절절하게 만들고야 마시는가. "긁힌 자국 여럿"인 "벽" 뒤에 오래 살아오면서 그대가 감내해야만 했을 한 그대의 "음"하기까지 한 긁힌 자국 여럿에 그대 스스로 마음 발목 붙잡혔음을 알겠다. 돌아서려 할 때마다 다름 아닌 그대가 그대 스스로를 벽에 밀착시켰음을 알겠다. 틈 벌어지지 못하도록, 꼼짝 못하도록. 모든 이성이 마비되도록!

영화 〈정사〉에서 여동생과 결혼할 남자 우연과 사랑에 빠져버린 기혼녀 서현의 독백을 나는 아직 생생히 기억한다. 어쩌면 마지막일지도 모를, 금지된 사랑을 격정적으로 나누고 욕실 거울 앞에 전라로 서서 반쯤은 넋 나간 듯 내뱉던.

"미쳤어."

고백하거니와 바로 이 장면에서 나는 그간 표독스럽게 꾹꾹 억누르던 체루를 일시에 방류하고 말았다. 흐느끼고 말았다. 두렵고 겁이 나 도망쳐야만 했던 지난 시절, 한 존재가 내게도 있었던 걸까. 늑골, 깊이 파인 어디쯤에 은닉해둔 도둑과도 같은 기억이 내게도 있었던 것일까?

'너 한 번이라도 사랑 때문에 미쳐보았니?'

나는 비겁했고, 무엇보다 정신이 늘 온전했다. 맹목적이지 못했다. 사랑인 척 굴었을 뿐 그 진위가 늘 모호했다. 뒤집어 생각한다. 지난 시절, 한 존재가 설혹 있었다면 그건 운명이 아니었을 거라고, 생을 통째로 집어삼킬 정도의 거대한 토네이도가 아니었을 거라고, 아무래도 개운치 않다. 하여, 시인한다. 그래, 아직 나는 미쳐보지 않았다. 그러므로 사랑을 논할 자격이 없다. 이 대답이 정직한지 아닌지에 대해선 상호 함묵하기로 하자.

*

굳을 만하면 받치고 굳을 만하면 받치는 등 뒤의 일이 내 소관이 아니란 걸 비로소 알게 됐을 때

마음의 뼈는 금이 가고 천장마저 헐었는데 문득 처음처럼 심장은 뛰고 내 목덜미에선 난데없이 여름 냄새가 풍겼습니다.

"등 뒤"의 일이 그대 소관이 아니었음을 알아차리다니, 그대

이제 덜 아프겠구나. "굳을 만하면 받치고 굳을 만하면 받치"고 마는 "벽"의 "긁힌 자국"을 바라보는 그대 마음이 덜 안쓰럽기도 하겠구나. "음"하기까지 한 "자국"에 밀어넣은 손이 이제 더 이상 파르르 떨리지 않겠구나. 피가 역류하지 않겠구나. 신열로 끙 끙 앓아눕지 않겠구나. 담담하겠구나. 그래, 그대로 하여 생긴 불치의 환부라 여겨왔을, 그리하여 쉽게 돌아서지 못한 채 한 그대의 "벽 뒤"에 오래 세 들어 살아왔을 그대, 반쯤은 접어진 격정을 본다. "마음"의 "뼈"라는 뼈들 온통 "금이 가"버렸고 "천장마저 헐"어버려 성한 데라곤 하나 없는데, 고장나고 부식되고 폐허가 되어버린 자기 자신을 추스르다가 아! 문득 거짓말 같은, 있을 수 없는 일이라 여겨왔던, 오래 잊었었던.

　문득 처음처럼 심장은 뛰고 내 목덜미에선 난데없이 여름
　냄새가 풍겼습니다

독백과도 같은 마지막 일갈, 이 순정한 고백 앞에서 내 무릎은 사정없이 꺾이고 만다. 이제 그대 바라보는 내 왼편 가슴뼈가 더는 먹먹하지 않아도 되겠다. "왼편으로 구부러진 길", "막다른 벽"의 등 뒤에 오래 살고 있는 바보 같은 그대가 안쓰러워 한달

음에 달려가지 않아도 되겠다. 더는 긁히지 않아도 되고 후회롭지 않아도 되겠다. 그나저나 언제쯤이면 나도 그대처럼 "등 뒤의 일이 내 소관이 아니란 걸 비로소 알"게 될까? 그리하여 "문득 처음처럼 심장 다시 뛰고", "목덜미에선 여름 냄새" 풍겨나기도 할까?

난데없이 불쑥, 훅!

시 전문지 월간 『현대시학』

늙은 등대를 만나러 가는 길
-김수열 시 「정뜨르 비행장」을 읽고

    지구촌을 긴장케 했던 신종 호흡기 질환 '사스' 소동으로 전 세계가 바짝 긴장하는 가운데 발병 환자가 전무했던 한반도, 그 중 천혜의 관광 휴양도시 제주는 연일 몰려드는 국내외 관광 인파를 수용하느라 몸살을 앓고 있다 한다. 섬을 향해 다투듯 우르르 몰려왔다가 여행에 혹사당한 삭신을 끌고 한 치의 미련도 없이 뭍으로 다시 떠나버리는 무심한 마음들을 숨어서 부끄럽게 마중하고 아프게 배웅하는 섬 소년 같은 마음이 제주를 지키고 있음을 아는 이 몇이나 될까. "어둠이 내려앉은 화북 그 방파제 끝"에 앉아 12초 만에야 겨우 눈 한 번 끔뻑이는 늙은 등대의 축 처진 눈꺼풀을 쏙 빼닮은, 이제는 난바다를 헤엄쳐온 지친 어선의 잔등 껴안아줄 쇠한 기운조차 바닥난 지 이미 오래인 부동의 야윈 등대를 닮은, 불면의 충혈된 눈 홉뜨고 진종일 눅진 방파제 바닥에 등 한 번 편히 붙여보지도 못한 채 밤새 허리 꼿꼿이 세워 목백일홍 같은 열꽃 전신에 툭툭 터트리며 직립의 그리움 빚어 밤바다 저 둥근 선 밖을 향해 수신호로 띄워 보내는 바보 같은 등대를 판박이로 닮은 마음 하나 있다. 1948년 4월 제주항쟁이 가져다준 덧난 상처에 빨간 약 발라 후후 불어주며 남몰래 눈물 훔쳐내는 여린 마음, 스스로 화산도의 오래된 약속으로, 천형 같은 포로로 하냥 서 있는 사람이 있다.

김수열 시인이 바로 그 주인공이다.

제주공항의 옛 이름이었을 「정뜨르 비행장」이 주는 아픈 서사를 출력해놓고 단문장 한 줄 써내지 못하고 몇 날이 훌쩍 지났다. 소리가 문자화되어 내지를 수 있는 잔혹함의 한계와 죽은 자의 뼈 바숴지는 소리를 반복적으로, 그것도 한 연에 두 행씩이나 세 연에 거푸 배치한 시인의 저의는 과연 무엇일까? 내 안 깊은 우물에서 환청처럼 종일 윙윙거리는 저 신음, 통곡, 아우성, 한숨, 잇단 총성, 시조새 바퀴 밑에 깔려 바숴지는 뼈 소리.

"빠직 빠직 빠지지지직/ 빠직 빠직 빠지지지직" 어떤 신념을 품고 작정하지 않았다면 눈으로 읽기에도 심히 부담스럽고 끔찍한 의성어를 이처럼 거듭 반복하지는 않았으리라.

"하루에도 수백의 시조새"들이 승객과 화물을 실어 이착륙을 시도하는 「정뜨르 비행장」의 감춰진, 혹은 잊힌 역사적 비극은 1948년 4·3 민중항쟁부터 시작된다. 미군정과 군경토벌대가 북제주군 관내 무수한 양민을 재판한다는 구실로 도두봉 가까이 위치한 자그마한 군비행장으로 끌고 와 사살한 후 구덩이에 매장해버렸던 최대의 학살 현장이 바로 지금의 제주국제공항이라는 것을 아는 사람은 그리 많지 않다. 시인은 이러한 사실이 안타까웠던 것이다. 어떻게든 죽은 자들의 명예를 회복시키고 싶었을 것이다. 여행으로 휴양으로 혹은 비즈니스로 집안 대소사로 비행기에 탑승할 때마다 활주로 밑에 깔린 원혼들의 뼈가 육중한 동체에 짓눌려 부서지고 가루가 되어간다는 사실에 심히 괴로웠을 것이다. 한 번 죽음으로도 부족해 헤갈라지고 숨통 막혀 두 번 세 번 죽임 당한 원혼들이 지하세계를 떠돌다 선한 시인에게 씌운 것일까? 아무도 이젠 저 아래 죽음이 있다고, 저 밑에 억울한 주검이 있으니 살려내라고, 무릎 꿇고 사과하라고 외치는 사람 없는데, 세월은 그렇게 바람처럼 휘이휘이 잊으라 하는데, 늙은 등대를 닮은 시인은 바보 같이 한사코 잊지 못하는 모양이다. 저 혼자 "몸 뒤척일 때마다 들려오는 뼈들의 아우성"

에 불면의 밤을 밝히고야 마는 것이다.

　제주나 광주, 마산이나 서울 등 과거 항쟁을 치러낸 도시들은 저마다 투쟁과 저항의 시대정신이 출산한 문학 작품을 갖고 있다. 어디 그러한 시나 소설이 한두 편이겠는가. 그런 의미에서 「정뜨르 비행장」 또한 자칫 새로울 것도 없고 전혀 신선하지도 않은 평이한 시에 그칠 수도 있었다. 그러나 시인은 알고 있기나 한 걸까? 이 시의 시적 완성이 4연에 와서야 비로소 절정에 이른다는 것을. 누구도 감히 흉내내지 못할 자성의 독백이 독자를 사뭇 먹먹하게 만들어 숨소리도 절제하게 만든다는 사실을.

　뼈의 비명을 잠재우기 위해 이 땅에 살아남은 우리가 저마다 해야 할 몫에 대해 시인은 타인을 향해 주장하지도 떠넘기지도 않는다. 다만 내 살과 내 뼈와 내 비루한 정신이 너를 또 한 번 깔아뭉개는구나. 미안해할 뿐이다.

　그의 시집 『어디에 선들 어떠랴』와 『신호등 쓰러진 길 위에서』를 읽고 또 읽는다. 제주의 '각' 출판사에서 출간된 그의 첫 시집 『어디에 선들 어떠랴』는 이내 절판되어 뭍으로 상륙하지 못한 채 사장되고 만다. 이것은 대중의 인기나 명예와 무관하게 살아온 그의 성품을 짐작케 하는 한 단면일 것이다. 제주의 아픈 바람, 제주 사람들, 그의 어머니, 섬이 앓는 그리움의 뿌리, 광대('놀이

패 한라산' 이라는 광대패의 일원)로 살아내야 했던 부대낌의 시
절이 고백성사로 고스란히 묶여 있으며 또한 그의 아름다운 싸
움의 이력들도 눈 부릅뜨고 푸르게 살아 있다. 그의 시집 두 권
을 정독하고 나니 비로소 글 고름이 풀리고 속살 설핏 보이기 시
작한다. "돌아보면 부끄럽지만/ 그러나/ 투명했던 날들을 위하
여" 시집 속지에 남긴 육필이 사람만큼이나 단아하다.

혹시 화산도에 가실 일 있으시거든 부디 잊지 마시길. 늙은 등
대를 닮은 시인 하나 거기 살고 있다고, 그의 마음 이러하다고.

　　　하루에도 수백의 시조새들이
　　　날카로운 발톱으로 바닥을 할퀴며 차오르고
　　　찢어지는 굉음으로 바닥을 짓누르며 내려앉는다
　　　차오르고 내려앉을 때마다
　　　뼈 무너지는 소리 들린다
　　　빠직 빠직 빠지지지직
　　　빠직 빠직 빠지지지직

　　　시커먼 아스팔트 활주로 그 밑바닥
　　　반백년 전

까닭도 모르게 생매장되면서 한 번 죽고

땅이 파헤쳐지면서 이래저래 헤갈라져 두 번 죽고

활주로가 뒤덮이면서 숨통 막혀 세 번 죽고

그 위를 공룡의 시조새가

발톱으로 할퀴고 지날 때마다 다시 죽고

육중한 몸뚱어리로 짓이길 때마다 다시 죽고

그때마다 산산이 부서지는 뼈소리 들린다

빠직 빠직 빠지지지직

빠직 빠직 빠지지지직

정뜨르 비행장이 국제공항으로 변하고

하루에도 수만의 인파가 시조새를 타고 내리는 지금

'저 시커면 활주로 밑에 수백의 억울한 주검이 있다!'

'저 주검을 이제는 살려내야 한다!' 라고

외치는 사람 그 어디에도 없는데

샛노랗게 질려 파르르 떨고 있는 유채꽃 사월

활주로 밑 어둠에 갇혀

몸 뒤척일 때마다 들려오는 뼈들의 아우성이 들린다

빠직 빠직 빠지지지직

빠직 빠직 빠지지지직

이따금 나를 태운 시조새

하늘과 땅으로 오르내릴 때

내가 할 수 있는 일이란 고작

잠시 두 발 들어올리는 것

눈 감고 잠든 척하며 창밖을 외면하는 것

　　　-김수열 시 「정뜨르 비행장」 전문

시 전문지 계간 「시평」

이별에 대하여

－정진규의 시 「이별」을 읽고

　그 여자와 이별하면서 나는 그 여자에게 이제 어머니로 돌아가라고 말한 바 있다 너는 이제 어머니가 되었다고 말한 바 있다 여자는 함께 있으면 계집이 되고 헤어지면 어머니가 된다 그게 여자의 몸이라는 것이 나의 결론이다

　－정진규 시 「이별」 전문

　"여자는 함께 있으면 계집이 되고 헤어지면 어머니가 된다"

　모 계간지에서 한국을 대표하는 109명의 현역 시인들을 대상으로 '최고의 시구'가 무엇인지 묻는 기획 특집이 있었다. 그때

내 머릿속에 "벼락"과 "전율"처럼 가장 먼저 떠오른 시구다. 이보다 슬픈 시구를 아직 본 적이 없기 때문이다.

한때, 누군가의 '계집'이었으나 이제는 헤어져 '어머니'로 돌아간 '계집'의 비애가 눈에 밟히기 때문이다. 여자의 입장에서 볼 때 시인의 별사別辭는 매정하기도 뭉클하기도 하다. '어머니'이기보다는 '계집'으로 남고 싶은 여자의 마지막 염원마저 꺾어버리는 단호한 이별 통보인 까닭이다. 함께 있을 때 계집일지라도, 헤어지면 그 즉시 어머니가 되는 게 여자의 몸이라고 남자는 생각한다. 아니, 그렇게 생각하며 위안을 삼고 싶은 건지도 모를 일이겠다. 남자와 여자는 이렇게 서로 다르다. 여하튼, 살아오면서 지금껏 '계집'일 뻔했던 시절 나라고 왜 없었겠는가. 이 한 줄 시구로 말미암아 '계집'과 '어머니' 중 후자를 택했을 뿐.

시 전문지 계간 『시인세계』

사랑, 저릿저릿하고 때로 도발적인

-문정희 활판시선집 『사랑의 기쁨』을 읽고

조용히 흔들리는 그네에 앉아

뜨거운 돌멩이 강물에 던지며

고백놀이를 한다

휘날리는 머리칼마다

온밤을 울고 지샌 바람의 냄새

오, 나는 왜 이렇게 많은 사랑을 했을까

사랑은 단 한 번의 불꽃이어야 한다는데

내 가슴 속에는

가도가도 끝없는 사막이 있어
밤마다 짐승처럼 온몸을 뒤틀었을까

오, 나는 왜 고즈넉한 그늘 아래
가만히 서 있질 못했는가

엉덩이 뿔을 뽑아 말뚝을 만들고
기꺼이 거기 묶여 풀을 뜯어 먹는
평화로운 초원을 거부했는가

오, 나는 왜 편안한 식민지를 버리고
언제나 사막을 서성거렸는가

하나의 눈물을 위해
천 개의 기쁨을 던져 버렸는가

–문정희 시 「고백놀이」 전문

    등단 40년, 지금까지 펴낸 시집에서 사랑을 주제로 한 시만을
선해 묶은 시선집이다. 그것도 일반 디지털 인쇄술이 아닌 천년

을 견딘다는 전통 한지에 문선, 조판, 인쇄, 제본 등 전과정이 수 작업으로 이뤄진 활판 시집이다. 내밀하고도 열정적이며 순정한 사랑시편들이 청홍의 클로스 장정과 어우러져 더할 나위 없이 매혹적인 데다 손끝을 통해 전해져오는 오돌토돌한 글자의 느낌 은 전율을 불러일으키기까지 한다. 생물학적 나이는 차치하고 시력詩歷만 셈해도 불혹인 데다 오래된 시편도 포함돼 있어 다소 낡거나 진부하지 않을까 넘겨짚는다면 오산이다. 단언하건대 전 편이 신선하고 도발적이며 때로 발칙하다. 어디 그뿐인가, 편편 이 출렁이며 뭉클하고 저릿저릿하며 때로 유쾌하고 후련하기까 지 하다. 다양한 관계 맺음 속에서 빚어낸 사랑에 관한 백 가지 의 텍스트라 해도 과언이 아닌 이 시집은 이성 간의 사랑은 물론 이거니와 자연, 부부, 자녀, 우주, 시, 연인, 역사, 이별, 시인의 내면……까지 포괄적으로 담고 있어 그 의의를 더한다.

〈경향신문〉

혼자 타오르고 있었네
 −조태일 시인론

손들고 서 있어!

　내겐 아주 나쁜 버릇이 하나 있는데 그것은 다름 아닌 시간개념의 희박이다. 그래서인지 누구와 만날 약속이 정해지면 그 순간부터 시간의 중압감에 지레 짓눌려 불안해하기 일쑤다. 하여 가끔 만나는 주변 사람들은 이런 내 고약한 습관 때문에 불편을 겪기도 하고 짜증을 내보기도 하다가 나중엔 이도 저도 다 포기하고 아예 내가 도착하기까지 느긋하게 차를 마신다거나 책 읽는 일에 몰두해 늦게 도착하는 나를 덜 미안하게 만들어주려는 도량 넓은 사람들로 변해간다. 그래서 궁여지책 끝에 짜낸 지혜라는 게 편한 사람과는 약속 시간을 정확히 정하지 않고 가급적 구렁이 담 넘어가듯 어물쩍한 시간 뒤에 '쯤' 자를 필수 조건처럼 붙여 약속을 정하기 시작했다. 앞뒤로 10여 분의 시간을 벌고 들어가는 '쯤'의 효과는 내 숨통을 한결 느슨하게 풀어주는 역할을 해주는데 이 정도면 가히 고질병이랄 수 있겠다.

1999년 늦은 봄, 광주대학교 호심관 강의실에서 있었던 일이다. 집에서 학교까지의 거리도 거리지만 주부로서 마땅히 해야 할 집안일을 새벽부터 해놓고 나오느라 그날도 10여 분쯤 강의 시간에 늦게 도착하고야 말았다(아니, 정직하게는 늦은 만큼 게으름을 부린 거다). 초고속 엘리베이터를 이용해 허겁지겁 강의실에 도착했는데 문이 굳게 닫혀 있지 않은가. 여러 차례 문을 노크하고서야 요지부동이던 문이 열리는가 싶더니 지도교수님의 노기 띤 음성이 나를 향해 직격탄으로 꽂혔다.

"거기, 늦게 온 사람 뒤로 가서 손들고 서 있으세요!"

속으론 큰일났다 싶었지만 그 말을 곧이곧대로 따르기도 쑥스러운 생각이 들어서 맨 뒷줄에 다소곳이 앉아 고개를 처박고 있었더니 측은해 보이셨던지 더 이상 거론하지 않으시고는 교탁에 앉은 채로 담배 한 개비를 피워 물으시며 이런 말씀을 들려주셨다. "약속 시간에 늦는 사람을 나는 매우 싫어합니다. 왜냐하면 그것은 본인의 시간뿐 아니라 타인의 시간까지 죽이는 일이니까요." 끊겼던 강의는 다시 이어졌고 미리 준비해오신 '조태일 개인시어(조어) 자료' 를 수강생들에게 돌리셨는데 교재 이면지에 인쇄된 시인의 연보를 보고서야 그가 그 유명한 「식칼론」과 「국토」를 쓴 민족시인임을 알아차릴 수 있었으니 시인의 이름은 모르고 시만 기억하고 있었던 까닭이다.

뼉다귀와 살도 없이 혼도 없이
너희가 뱉는 천 마디의 말들을
단 한 방울의 눈물로 쓰러뜨리고
앞질러 당당히 걷는 내 얼굴은
굳센 짝사랑으로 얼룩져 있고
미움으로도 얼룩져 있고.
버려진 골목 어귀
허술하게 놓인 휴지의 귀퉁이에서나
맥없이 우는 세월이나 딛고서
파리똥이나 쑤시고 자르는,
너희의 녹슨 여러 칼을
꺾어버리며, 내 단 한 칼은
후회함이 없을 앞선 심장 안에서

말을 갈고 자르고

그것의 땀도 갈고 자르며

늘 뜬눈으로 있다

그 날카로움으로 있다.

–조태일 시 「식칼論」2 전문

피카소 문양 넥타이와 어머님 용돈

그런 일이 있은 이후 선생과는 제자들과 함께 어울려 곧잘 점심을 먹으러 학교에서 가까운 화순 근교의 식당을 이용하곤 했는데 차를 운전할 줄 아는 내가 매번 운전기사 역할을 했다. 연구실에서 출발해 정문 근처를 지나기까지 선생님의 시선은 늘 부산스럽게 움직이시곤 했는데 그 이유는 안면 있는 제자들을 그냥 지나치지 못하고 불러 세워 꼭 끼니를 챙겨 물으시고는 아직 식사 전인 학생들을 태워 단골 음식점에 데려가 갈비탕이나 추어탕을 챙겨 먹이는 아버지 같은 넉넉한 품을 갖고 계신 까닭이셨다.

선생은 자신을 위한 겉치레를 경계하셨는데 대학 교수이면서도 소매가 보일락 말락 닳은 양복을 즐겨 입고 다니셨다. 한번은 화려하다 싶은 문양의 넥타이를 착용하고 오셔서 누가 묻지도 않았는데 "이거 괜찮지?" 하고 물으셨다. 피카소 문양쯤으로 보여지는 화려한 색상과 과감한 무늬가 선생과 꽤 잘 어울렸는데 그 이유를 선생은 옷걸이가 멋있어서라며 "이거 삼천 원짜리 넥타인데 몇 만 원 하는 거하고 뭐가 달라. 비싼 것들은 다 메이커 값이야. 사람이 허영심을 버리고 분수를 지킬 줄 알아야 해" 하셨다.

이렇게 본인의 입성에 대해서는 지나치리만큼 검소하면서도 정작 제자들에게는 허리춤에 국방색 전대를 아이처럼 착용하고 다니다가 기꺼이 국밥 한 그릇과 생맥주 몇 잔으로 허기를 채워주며 그 일을 큰 낙으로 여기시는 분이셨다. 시골에 본가를 둔 제자들은 집에서 경작하는 농산물로 스승의 사랑에 대한 감사의 마음을 표현하곤 했는데 마늘, 감자, 수박, 쌀, 고구마, 참깨, 고춧가루에서 미숫가루와 토종닭까지 그 품목이 퍽 다양했고 그러한 마음들을 귀하게 여기신 선생께서는 살림하는 아줌마 제자들에게 덜어주시며 또 즐거워하셨다. 돈에 대한 잊을 수 없는 일화는 여기서 그치지 않는다.

행상 등으로 고생하며 자식을 뒷바라지하셨던 모친에 대한 애정이 각별하셨던 선생은 젊은 시절부터 형님 통장으로 매달 어머님 용돈을 꼬박꼬박 송금하곤 했었는데 어머님 타계 후 5년이 지난 후에도 여전히 그 일을 끊지 못하고 용돈을 챙겨드리고 계셨다 한다. 장례를 마치고 처음 몇 달은 갑자기 뚝 끊기가 뭣해서 보냈고 그러다 보니 매달 한 차례씩 은행에 갈 때마다 어머님을 살아 계신 듯 가깝게 느낄 수 있어 그냥 그렇게 하기로 결심하셨단다. 이즈음 젊은 세대들로서는 감히 흉내조차 내기 힘든 속 깊은 사랑을 간직한 시인이 바로 선생이셨던 것인데 이러한 착하고 섬세한 심성을 두고 평론가 염무웅 선생께서는 '시에 의해서만 보자면 물론 시인은 강골剛骨이자 동시에 반골反骨인데 그런 그가 막상 사귀어보면, 체구와 영 어울리지 않는 면을 많이 지니고 있다. 목소리도 다정하고 먹는 양도 적으며, 뿐만 아니라 평소에는 마음씨가 비단결처럼 곱고 여리다'고 선생의 세 번째 시집 『국토』에서 피력한 바 있으시다.

이승의 진달래꽃
한묶음 꺾어서
저승 앞에 놓았다.
어머님
편안하시죠?
오냐, 오냐,

편안타, 편안타.

-조태일 시 「어머니를 찾아서」 전문

아낌없이 주는 나무

선생의 연구실은 창가와 출입문 쪽을 제외하곤 벽면이 온통 책으로 가득 차 있어서 더 이상의 책을 꽂을 빈 공간이 없을 정도로 포화상태였다. 사회교육원 시창작 강의는 일주일에 두 차례뿐이었는데 선생께서는 책 좋아하는 내게 언제든 연구실을 이용할 수 있도록 배려해주셨기 때문에 오전 강의를 마치면 연구실로 옮겨서 무던히도 많은 책의 저자들을 만나곤 했다. 읽다가 채 못 읽는 책은 선생의 허락을 득한 후 대여 목록에 서명을 한다음 집에 가져가 읽고 돌려놓기도 했다. 그뿐인가, 시집 「아침 선박」1965을 제외한 「식칼론」1970 「국토」1975 「가거도」1983 「자유가 시인더러」1987 「산속에서 꽃속에서」1991 「풀꽃은 꺾이지 않는다」1995 「혼자 타오르고 있었네」1999와 시론집 「고여 있는 시와 움직이는 시」1981 「시 창작을 위한 시론」1994 「김현승 시정신 연구」1998 「알기 쉬운 시창작 강의」1999 그리고 산문집 「戀歌」1985와 「시인은 밤에도 눈을 감지 못한다」1996를 사인해 선물로 들려주시곤 하셨는데 그럴 때마다 좋아하는 내 표정을 찬찬히 보시면서 책이 그렇게 좋으냐고 물으시며 "잘 뒀다가 나중에 진품명품에 가져가라"며 우스갯소리를 하셨다.

　손수 타 주시는 커피가 다 식을 때까지 책을 읽던 어느 날 습작한 시를 몇 편 보여드릴 기회가 있었는데 그중에서도 졸시 「불갑사」와 「노안성당 은행나무」에 관심을 갖으시며 습작시 스무 편 정도를 한데 묶어 오라 이르셨다. 말로만 듣던 사사師事를 받게 된 것인데 그 수업도 선생의 병환이 급속도로 위중해지는 바람에 몇 번 받지 못하고 끝나버렸다. 워낙 말씀을 아끼는 어른이셔서 작품에 대한 지적도 그리 장황하게 설명하지 않으셨는데 오히려 그러한 지도가 내 안의 여백을 다시금 돌아보고 점검케 하는 계기가 된 것 같아 지금도 한없이 감사할 따름이다.

　그때까지만 해도 선생은 건강을 장담하시곤 하셨지만 그 즈음 몸에서는 벌써 자각증상의 암시가 오고 있으셨던지 갈비뼈 근처에 자꾸만 손을 갖다 얹고서 불편해하시곤 하셨다. 그런 일이 부쩍 잦아지면서부터 병원에 한번 가보시는 게 어떻겠느냐는 권유를 드린 적이 있는데 어렸을 적 '늑막염'을 앓았던 후유증일 거라며 교직원 건강검진에서도 아무 이상 없는 걸로 나왔으니 걱정 없다고 대수롭지 않게 넘기고 싶어하셨다. 이때가 시집 『혼자 타오르고 있었네』가 출간된 지 얼마 되지 않은 때여서 만나는 사람들도 많았고 각 신문사와의 인터뷰 등으로 서울을 오가시며 바쁜 일정을 보내고 계셨다.

하루는 개망초가 흐드러지게 핀 학교 근처 산책길에서 사진기자와 다음날 기사로 내보낼 사진 촬영으로 반나절을 보내신 적이 있는데 그 일이 고단하고 기력에 부치는 일이었음에도 불구하고 "사진 한 장을 건지기 위해 필름 세 통을 소모시킨 사진기자의 직업정신이 하도 기특해서 힘들어도 힘들다는 내색을 할 수 없었다"시며 담배를 피워 물으셨다. 그 사진은 〈조선일보〉 1999년 7월 16일자에 '술고래 시인, 母性에 안기다'라는 제목을 달고 신간 시집 기사와 함께 문화면에 실렸는데 작은 것들의 아름다움 앞에서 속수무책 어린아이처럼 웃고 계신 선생의 모습이 임현찬 기자의 작품으로 남아 있다.

결국, 병원行

선생을 매우 따르고 존경하는 제자가 있었다. 고등학생 신분으로 실천문학사에서 『우리 옆집 걸구』라는 시집을 펴낸 바 있는 대학원생인데 시에 대한 열정도 열정이지만 선생을 곁에서 보필하면서 공부하는 우직한 모습이 든든해서 마치 부자지간으로 착각할 만큼 사제지간의 정이 각별했다. 하루는 이 친구가 선생께서 병원 예약을 하셨는데 모시고 갈 차가 필요하다며 연락을 해왔다. 아무래도 조짐이 이상하셨던지 그렇게도 완강히 거부하던 병원을 찾으실 결심을 하신 모양이셨다. 금남로에 위치한 중앙방사선과의원에 도착하니 선생의 중학 동창인 김광선 원장 선생께서 반갑게 맞아주셨다. X-ray 촬영과 초음파 검사 등 종합검진을 모두 마치고 초조하게 결과가 나오길 기다렸는데 혈액검사와 필름을 판독하시더니 선생의 눈을 피하며 정확한 결과는 며칠 걸려야 나온다며 일단은 '간경화'가 의심된다는 정도로 말씀을 흐리셨다. 일체의 술과 담배를 삼가고 적당한 운동과 균형 있는 식사를 권장하시며 심리적 안정이 필수라고 당부하시더니 금식까지 하고 검사에 응한 친구를 데리고 인근 뒷골목 갈치 정식을 대접해주셨는데 음식값 지불은 식사 도중 화장실에 다녀온다며 일어나신 선생께서 먼저 치르셨다. 동행한 나는 마음을 쓸어내리며 안도의 숨을 내쉬었는데 지속적인 치료와 식이요법을 병행하면서 '간경화'를 극복해낸 남편 선배를 봐온지라 진단대로라면 그리 크게 염려하지는 않아도 될 듯 싶었기 때문이다.

　서울 본가에 다녀온 선생께서는 어떤 일을 추진하느라 다시 호형호제하며 지내던 '진내과'를 찾으셨던 모양이다. 거기서 다시 정밀검사를 받으신 모양이신데 가능한 빠른 시일 내에 학교

일을 정리하고 서울로 올라가서 큰 병원에 입원하라는 말씀을 들으신 모양이다. 밤새 한숨도 못 주무셨던지 이른 아침 시간에 맥이 다 풀린 다급한 음성으로 전화를 걸어오셨다. 병원에 갈 일 있는데 대학원생과 함께 와줄 수 있겠느냐고. 급히 차를 몰고 선생 댁 주차장에 도착하니 벌써 외출 준비를 마치고 밖에 나와 기다리고 계셨다. 무어라 여쭙지도 못하고 처음 찾았던 친구 분 병원 계단을 오르려다 순간 멈칫 하시더니 차 한 잔 마시고 한 30분만 앉아 있다 가자며 발길이 차마 안 떨어지셨는지 지하 다방으로 향하셨다. 선생을 다시 마주한 김 원장님의 표정이 일순 어두워졌다. 오늘 중으로 결과는 알 수 없으니 전화로 알려주마고, 예약 환자가 있어서 식사를 함께 못해 미안하다며 또다시 얼버무리며 원장실에서 배웅을 마치셨다. 하지만 나는 미세한 표정 뒤에 감춰진 불안한 기색을 감지하고 있었다. 선생은 그날 급히 서울로 다시 올라가셨는데 김준태 선생과 함께 터미널에서 배웅을 마치고 집에 돌아오는 길에 김 원장님이 걸어온 전화를 받았다. 사실은 얼마 남지 않았다고, 이 일을 어쩌면 좋으냐고, 친구의 사망 선고를 내 입으로 어찌 할 수 있겠느냐고, 왜 이런 일을 내가 맡게 되었는지 모르겠다시며 아이처럼 울먹이셨다(선생의 절친한 김광선 원장님도 2002년 지병이던 심장질환으로 타계하셔서 지금은 고인이 되셨다).

화순, 요양원에서의 투병생활

갑자기 병환의 위중함을 접한 가족들은 청천벽력 같은 소식에
망연자실했다. 환갑도 지나지 않은 한창 나이에 아직 아버지의
손길을 필요로 하는 미혼의 세 자녀를 둔 가장이셨으니 그 충격
이 오죽 컸겠는가. 서울중앙병원에 입원해서 1차 색전술을 받은
선생께서는 사모님과 화순으로 임시 거처를 정해 내려오셨다.
말이 거처지 지어놓고 오래 비워둔 가건물인지라 전기도 가스도
수돗물도 공급되지 않는 산 속의 외딴 집이었다. 밤이면 촛불을
켜야 했고 밥은 휴대용 가스 버너를 이용해 지어야 했으며 물은
집 뒤란의 약수를 이용했다. 좋다는 민간요법을 약물치료와 병
행해가며 사모님은 지극 정성으로 간호에만 매달리셨는데 그렇
잖아도 큰 눈이 며칠 사이에 몰라보게 퀭해져 보는 이들을 안타
깝게 만들었다. 나는 이틀에 한 번꼴로 밑반찬을 만들어 두 분을
찾아뵙곤 했는데 선생의 병세는 좀처럼 호전될 기미가 보이지
않아 방문하는 지인들과 함께 한숨만 내쉬다 돌아오곤 했다. 그
래도 평소 선생과 가깝게 지내오던 문단의 선후배들은 정치적
암흑기에도 몸 사리지 않고 독하게 맞서 저항하신 양반이 설마

저렇게 쉽게 무너지겠느냐고, 두고 보면 알겠지만 반드시 훌훌 털고 일어나실 거라고 입을 모으곤 했다.

간추린 日記

중앙의료원에 재입원하신 선생을 뵈러 한 차례 서울에 다녀온 적 있는데 그 와중에도 가족들을 시켜 병실을 다녀간 사람들의 이름을 공책에 일일이 기록하게 하셨다. 나중에 쾌차하셔서 빚 갚음을 하시려 했던 게 분명했다. 남의 신세 지는 일이나 고마웠던 일을 두고두고 잊지 않으시는 성품이셨으니 그 속뜻이 충분히 헤아려졌다. 서울에 다녀온 이틀 후 잣죽, 전복죽, 땅콩죽, 야채죽, 쇠고기죽을 밤새 만들어 한 공기 분량으로 따로따로 포장해 냉동시킨 후 아이스박스에 채워 제자 편으로 들려 보냈으나 한 끼니도 챙겨 잡숫지 못하고 결국 그 새벽 영영 돌아오지 못할 먼 길을 떠나시고 말았다. 병명이 밝혀지고 난 후 꼭 49일째의 일이었다. 곡성 동리산 태안사 대처승이셨던 부친의 둘째 아들로 태어난 선생님과 불교는 어쩌면 유전적인 고리였을지도 모른다. 불가에서 말하는 '49'라는 숫자에 대해 조문객들은 한결같이 하늘이 내린 시인은 예지의 능력도 뛰어나다고 입을 모았지만 정작 놀라운 사실은 당신이 젊은 날 쓰셨던 시 가운데 이승을 등질 날을 예견한 듯한 시가 있다는 것이다.

> 파랑색 바탕에 검은 글씨로 〈詩〉라고 쓴 동그라미 깃발을
> 廣開土大王碑 곁에 나란히 꽂고
> 내 유서를 20년쯤 앞당겨 쓸 일은
> 1999년 9월 9일 이전 일이고
>
> ―조태일 시 「간추린 日記」 부분

1999년 9월 7일 타계하셨으므로 당신께서 예견하신 1999년 9월 9일까지 이승을 지키고 계시다 9월 10일 용인 공원묘지에 안장되셨으니 1968년 『新春詩』에 발표된 이 시를 우연이라고만 생각할 일은 아닌 듯싶다. 신경림 선생을 위원장으로 한 문인장에는 문단의 원로로부터 문학에의 열정을 이제 막 품기 시작한 예비 시인들까지 몰려들어 인산인해를 이루었는데 생전에도 지나가던 제자를 불러 국밥 한 그릇에 생맥주 사주기를 즐겨하시던 선생께서 필시 마지막으로 모두를 한자리에 불러놓고 술 한 잔씩 따라주며 환히 웃고 계실 거라고 살아 있는 자신들 스스로를 위로했다. 대학 스승이셨던 조병화 선생으로부터 선물로 받은 파이프 담배를 피워 문 선생의 영정 사진 속 담배 연기는 꺼지지 않

고 있는데 정작 본인은 너무 먼 길을 서둘러 떠나신 것이다.

곡성 조태일 시문학 기념관

타계 4주년을 맞아 얼마 전 곡성군 동리산 태안사에서는 선생의 문학적 업적을 기리는 시문학 기념관이 문을 열었다. 단아한 목조 건물에 천정이 아주 높이 설계된 기념관에는 선생의 생전 유품들이 일목요연하게 전시되어 있고, 생전의 집필실이며 연구실 정경도 최대한 실제와 흡사하게 살려놓아 방문객들을 더욱 쓸쓸하게 만들었다.

이러한 일들은 선생과 절친한 지기였던 고현석 곡성군수와 진정순 여사(당곡초 교장)의 노력으로 결실을 맺은 일이다. 평생 시를 써서 시대와 맞서 저항해온 한 친구와 그 친구를 시인으로 존경하며 예를 갖춘 또 한 친구가 있어 가능한 일이었으며, 이 땅의 큰 스승으로 살다 영원히 꺼지지 않을 시정신의 한 세계를 이루고 가신 시인을 지아비로 섬기며 평생 시의 길에 정진할 수 있도록 묵묵히 내조한 미망인의 헌신적 애정 없이는 불가능했으리라.

또한 선생께서 젊은 날 주관하셨던 문예 계간지 『詩人』이 복간돼 추모제와 개막식의 의미를 더했는데 생전에 내내 품고 계셨으나 미완으로 끝나버린 시인지 복간의 꿈을 결국 시인지로 등단한 이도윤 시인이 대신 이뤄낸 것이다. 반년간지로 발행될 이 책이 고인의 유지를 받들어 부디 시대 정신이 활화산처럼 살아 불붙는 '책'으로 독자들 가슴에 오래오래 자리매김하기를 소망하며 끝으로 선생의 「국토서시國土序詩」를 올린다.

발바닥이 다 닳도록 새살이 돋도록 우리는
우리의 땅을 밟을 수밖에 없는 일이다.
숨결이 다 타올라 새 숨결이 열리도록 우리는
우리의 하늘 밑을 서성일 수밖에 없는 일이다.
야윈 팔다리일망정 한껏 휘저어
슬픔도 기쁨도 한껏 가슴으로 맞대며 우리는
우리의 가락 속을 거닐 수밖에 없는 일이다.
버려진 땅에 돋아난 풀잎 하나에서부터
조용히 발버둥치는 돌멩이 하나에까지
이름도 없이 빈 벌판 빈 하늘에 뿌려진
저 혼에까지 저 숨결에까지 닿도록
우리는 우리의 삶을 불지필 일이다.
우리는 우리의 숨결을 보탤 일이다.

일렁이는 피와 다 닳아진 살결과

허연 뼈까지를 통째로 보낼 일이다.

    -조태일 시「國土序詩」전문

『광주민예총』

의심의 붓, 포스텍에 걸리다

─포스텍 박진화 초대전 〈발밑과 눈〉에 부쳐

원고 마감일을 넘겨 신경이 곤두서 있는데 전화가 걸려왔다. 박진화 선생이다. 다짜고짜 본론만 얘기하곤 뚝 끊어버리던 여느 때완 달리 머뭇머뭇 사설이 길다. 웬일인지 정중하기까지 하다.

"오늘 시간 되오? 내 작업실에 잠깐 다녀가면 안 될까? 긴히 의논할 게 있는데……."

분초를 쪼개 써도 오늘 중으로 마감시킬지 말진데 강화에 다녀가라니……, 혼잣말 구시렁거리며 대체 무슨 일인지 자초지종을 여쭀다.

"이번 포스텍 전시회 도록에 손 시인 글 좀 실었으면 해서……."

"포스텍요? 거기서 전시회를요?"

특유의 구어체 화법으로 그가 대답했다.

"그렇소. 포항공대로 익숙한 대학이지. 캠퍼스 전관에 그림을 전시할 계획인데 현장의 느낌을 글로 스케치했으면 싶은데 평론이나 작품 해설은 필요 이상으로 무거워서 말이지."

이는 잔머리 굴려가며 계산하고 말고 할 여지가 없는 청탁이다. 왜냐하면 그림쟁이 박진화 만한 매력적인 글감을 찾기란 결코 쉽지 않다는 걸 그간의 교분을 통해 익히 알고 있기 때문이다. 하는 수 없다. 마감을 미룰 수밖에.

개막식 하루 전날, 예고 없이 포항에 도착했다. 전시 준비 마무리 작업이라도 지켜봐야 할 것 같아서다. 아니나 다를까? 틀어진 그림을 바로잡고 작품마다 작품명과 함께 학생들의 이해를 돕기 위한 단상을 붙이느라 알루미늄 사다리에 올라서 있던 그, 화들짝 놀라더니 늘 그렇듯 악동처럼 씨익! 웃는다. 그러곤 그뿐이다. 어느새 자기 안으로 사라져 자취도 없다. 놀라운 집중이다. 환대는커녕 친절한 안내를 기대했던 나 스스로가 겸연쩍어 다른 방법을 강구하기로 한다. 마침 곁에서 지켜보던 학교 관계자가 보안 키와 작품 배치도를 건네준다. 오히려 잘됐다. 숨은그림 찾듯, 보물찾기 하듯 찾아나서는 거다. 빠뜨리면 빠뜨리는 대

로, 모르면 모르는 채로 수월하게 둘러보자 맘먹으니 혼자인 게
도리어 홀가분하다. 그렇게 총총 학생회관으로 향했다.

　· 대부분의 작품이 구면일 거라 넘겨짚었는데 아니다. 작품해설
을 보니 1980년대 말부터 1990년대 말까지의 작품도 꽤 된다.
그것들과는 대부분 초면이다. 그 시기를 그는 이렇게 회고한다.

　　　1988년부터 1989년까지 만 2년간 나는 너무 가난했고,
　　또 힘이 없었다. 아니 자신감이 없었다고 해야 옳다. 모든 게
　　실패였다. 1989년 첫 개인전을 열었는데, 당시 그 전시에 대
　　한 반향은 거의 없었고, 하는 일도 거듭 실패했다. 하여 나는
　　1990년 초, 서울 은평구 응암동에 작은 작업실을 어렵게 마
　　련하여, 죽도록 작업에 몰두하기로 했다. 그러나 세상일은 생
　　각대로 쉽지 않다. 거의 6개월을 붓의 힘에 눌려 꼼짝없이 지
　　냈다. 그리고 그 후, 1990년 여름을 지나면서 나는, 나와 전
　　쟁을 시작했다. 다른 생각은 다 접고 무조건 그리기로 했다.

　거처를 강화로 옮긴 그는 개펄을 모티브로 삼아 〈자상〉 연작
을 차례로 완성시키기에 이른다. 화폭에 담아낸 〈자상〉 외에도
민중성, 민중의식에 천착한 〈뒤켠〉 등 몇몇 작품 앞에선 쉽게 자

릴 뜨지 못한 채 오래, 아주 오래 서성이며 머물러야만 했다. 아니… 몇몇 작품은 지나쳤다가 다시 돌아와 속수무책 빠져들기도 했더랬다. 술과 분노와 속울음과 외마디로 견뎌내야만 했을 숱한 날들이 눈에 밟혔기 때문이다.

학생회관을 빠져나와 동선이 가까운 건물부터 나 홀로 그림투어를 시작했다. 제4공학관(산업경영공학과), 제2공학관(컴퓨터공학과), 무은재기념관(인문사회학부), 대학본부(대학행정동), 수리과학관(수학과), 제3공학관(물리학과), 제5공학과(기계공학과), 환경공학동 등을 둘러보는 데 소요된 시간은 1시간 30분 남짓, 건물과 건물을 하나의 전시 공간으로 연계하는 거대한 공간 연출이 조명등 하나 없는 밋밋한 내벽에서 이뤄지고 있었다. 무심한 듯 유심한 배치로, 게다가 일체의 장식도 덧대지 않은 민낯의 캔버스인 채로 걸려 있는데 참으로 흥미로운 점은 이러한 무기교가 오히려 그림 감상에 플러스 효과로 작용하고 있으니 뜻밖이다.

전시작은 대부분 100호 이상이 주를 이루고 있으며, 2500호까지 있는데 전시작 앞을 무심코 지나치는 학생이 있는가 하면, 작품의 단상을 꼼꼼히 챙겨 읽은 후 두어 발짝 물러서서 진지하게 응시하는 학생도 눈에 띈다. 이러한 광경은 각자가 저마다의 배경으로 아주 오래전부터 거기 줄곧 있어왔던 것처럼 썩 조화롭게 어우러지고 있다. 다행이다. 신사복 광고 중에 이런 카피가 있었지 아마?

막 입어도 1년 된 듯한 옷, 10년을 입어도 1년 된 듯한 옷

국제관과 지곡회관 그리고 청암학술정보관은 일단 접어둔 채 개막식이 진행될 학생회관으로 향하는데, 대형 시계탑이 물끄러미 나를 내려다보고 있다. 다행이다 늦지 않아서. 학교 관계자 및 재학생과 외부 인사가 참여한 가운데 테이프 커팅이 있었고, 과학과 예술의 만남을 주제로 한 백성기 총장의 인사말이 이어졌다.

어떻게 보면 과학과 예술은 전혀 어울릴 것 같지 않지만 실상 과학과 예술은 한통속이라 할 수 있다. 우선 끝없는 호기심과 상상력과 창의력 발현의 대상이요, 우리의 정서와 삶을 보다 따뜻하고 풍요롭게 만든다는 측면에서 그렇다.
시대와 현실에 대한 철저하고 진지한 인식을 작품세계에 반영하고 있는 것으로 알려진 박진화 화백의 수작을 이공계

대학인 우리 포스텍에서 선보이게 된 것도 그래서 전혀 낯설지 않고 오히려 더 의미가 있다. (중략) 최근 학문의 융복합 내지는 통섭이 강조되고 실제로 이 같은 움직임이 활발이 전개되고 있다. 사회 변화와 발전 속도가 빠르게 진행되고 그에 따라 인류가 해결해야 할 숙제들도 그만큼 다양하고 많아지고 있다는 반증이기도 하다. 이제 어느 한 분야의 해박한 지식과 경험만으로는 한계에 부딪히고 있다. 과학과 예술의 만남이 중요한 것도 이 때문이다.

–백성기 총장의 인사말 일부

이어서 박진화 화백의 인사말 순서다. 쑥스러운 듯, 그러나 감회 어린 표정이다. 잠시 잠깐의 침묵이 흐르는가 싶더니만 이내 감정을 추스르는 눈치다. 왜 아니겠는가. 수백 수천의 편린이 주마등처럼 스쳐 지나지 않았겠는가 말이다. 그가… 드디어 그의 말문이 열렸다.

지난 30여 년간 내 붓은, 내 그림의 생리와 권리에 대해, 그 역할에 대해 끝없이 노크하며 따랐다고 여긴다. 그 결과이겠지만 내 붓의 소망은 내가 있되 나를 초월한, 실존적 당

위와 공동체적 꿈이 같이 서려 있는, 그런 그림을 희망해왔
다고 자부한다.

아무튼 내 붓의 미학적 토대는 '나는 나만이 아니다' 라는
내 미의식의 신념, 그 성찰의 범주 안에 있다고 할 수 있다.
그러므로 나의 예술적 성과는 '이곳(발밑)'과 '그 너머(눈)'
를 동시에 껴안는, 그 열망의 성패에 좌우될 거라고 여긴다.
어쨌거나 '발밑'의 당위 때문에라도 나는 항상 내 '눈'을 더
의심할 수밖에 없다. 자기를 의심하지 않는 붓은 살아 있는
붓이 아니기 때문이다.

–박진화의 인사말 일부

그는 문장가다. 그림을 업으로 삼지 않았다면 필시 글쓰기를
업으로 삼지 않았을까 싶을 정도로 짱짱한 필력의 소유자다. 이
는 도저한 사유와 치열한 현실의식, 경계를 넘나드는 호방함과
풍부한 인문학적 소양, 방대한 독서, 이성과 감성의 균형감각이
빚은 당연한 산물일 터이다. 과거도 그러했고, 현재도 그러하며,
앞으로도 의심하는 붓, 살아 있는 붓을 고수하겠노라는 언급에서
는 결기까지 엿보인다. 의심의 붓은 단순한 화구畵具의 차원을 넘
어 화가의 자아이자 초자아일 터, 안주하지 못하고 모색에 모색

을 거듭해가는 창작 과정이 화가에게는 고통이겠으나 지켜보는 모두에겐 필시 행운이자 축복일 터이다.

  총학생회장의 인사말에 이어 필자의 축시 낭송이 이어졌고, 국악인 김평부 씨의 대금 연주와 판소리 한 대목이 분위기를 한껏 고조시켰으며, 그사이 삼삼오오 몰려든 재학생과 참석자 간의 화기애애한 담소로 정해진 행사가 순조롭게 막을 내렸다. 다음은 축시 전문이다.

  통한다는 말, 이 말처럼
  사람을 단박에 기분 좋게 만드는 말도 드물지
  두고두고 가슴 설레게 하는 말 또한 드물지

  그 속엔
  어디로든 막힘없이 들고나는 자유로운 영혼과
  흐르는 눈물 닦아주는 위로의 손길이 담겨 있지

  혈관을 타고 흐르는 붉은 피도 통한다 하고
  물과 바람과 공기의 순환도 통한다 하지 않던가

거기 깃든 순정한 마음으로
살아가야지 사랑해야지
통한다는 말, 이 말처럼
늑골이 통째로 묵지근해지는 연민의 말도 드물지
갑갑한 숨통 툭 터 모두를 살려내는 말 또한 드물지

―손세실리아 시 「통한다는 말」 전문

　개막식 여운이 채 가시기도 전에 지곡회관으로 향했다. 여름
내 연꽃 수繡 촘촘히 놓아져 수면이 장관이라는데 볼 수 없어 아
쉽긴 했으나, 나뭇잎배 둥실 떠 있는 만추의 연못도 그에 못지않
게 빼어난 풍광인지라 만족하기로 한다. 재학생과 외부인의 출
입이 잦은 공간이라서인지 그림에 대한 관심도도 상당히 높다.
팸플릿을 구해 와 작품과 대조해가며 몇 마디씩 나누곤 하는 모
습이 심심찮게 눈에 띄는 곳이기도 하다. 무심한 척 은근슬쩍 지
켜보자니 역동성과 리듬감 충만한 〈춤〉 연작과, 커다란 콜라병
이 거실에 서 있는 〈코카콜라〉가 단연 인기다. 특히, 정물화 속
코카콜라에 내포된 상징과 은유에 대해 저마다 한마디씩 거들며
낄낄거리기도 하고, 자못 심각하게 고개를 갸웃거리기도 한다.
그러한 모든 모습이 참 예쁘다. 20대, 화려한 수사 없이 그 자체

만으로 충만하고 싱싱하고 당당하고 아름다운 청춘임을 저들은
알까?

국제관 복도에 걸린 〈난장_별꽃1, 2〉, 붉고 푸른 별꽃 2점은
다시 보고 싶은 작품이다. 에스프레소 더블샷 종이컵에 담아들
고 가서 한 모금씩 목축이며 콧노래라도 흥얼거리고 싶은……
그런. 소중한 이와 말없이 오래 서 있고 싶은…… 그런.

밖은 벌써 이슥해졌으나 한 곳이라도 빠뜨리면 안 될 것 같아
걸음 재촉한다. 그렇게 마지막 장소인 청암학술정보관에 당도했
다. 유리 외벽의 도서관 건물엔 〈밤의 첨성단에서〉, 〈버린 바다〉,
〈임진강을 등지고〉 연작, 〈네 사람의 풍경 2〉…… 등이 걸려 있
다. 장소 특성상 와자하게 몰려다니며 그림을 감상하는 학생들
을 찾아볼 순 없지만, 그림과 공간과 거기 머무는 이들이 무의식
중에 상호 유기적 관계를 맺고 있어 그 어우러짐이 참으로 자연
스럽다.

다시 찾겠노라 벼르던 포스텍행은 결국 무산되고 말았다. 그
러는 동안 겨울이 갔고, 그새 또 봄이다. 일별했던 처처의 작품,
바라보기만 해도 이유 없이 뿌듯하고 기분 좋아지던 재학생, 지
곡대로 도서관 왼편 노거수의 안부가 문득문득 궁금하다. 그뿐
인가, 포스텍에서의 하루 반나절이 그립고 또 그리운 걸 보니 아

무래도 봄꽃 이울기 전, 무작정 포항공항에 내려 택시 잡아 타고 "포스텍으로 가주세요" 할 것만 같다. 혹여, 기별 없이 찾더라도 와락! 반겨주시길.

포스텍 박진화전 도록 『발밑과 눈』

올레 폐인
—서명숙의 『제주 걷기 여행』을 읽고

최근 출간된 책 한 권이 연일 인구에 회자되고 있어 화제다. 여행서적 부문 베스트셀러를 단숨에 선점하는가 하면, 주요 언론사의 기사 및 블로거들의 서평 또한 폭발적으로 이어지고 있다. 이중엔 이미 제주 올레를 한 번 이상 다녀간 이들의 열광적인 지지와 성원의 글도 있지만, 책을 통해서야 비로소 제주 올레를 알게 되었다 고백하며 조만간 그리로 달려가겠노라는 독자들의 자발적 서평도 그 수가 놀라울 정도다.

나는 2008년 8월에야 올레에 처음 들었다. 저자가 자신의 고향 제주에 도보여행 코스를 개척하겠노라 작정하고 낙향한 지 근 1년 만의 일이다. 일상이 버거워질 때면 열병처럼 제주를 앓곤 했고 역사·풍광·인심·문화·사람·속도를 사랑한다고 스스로 여겨왔으나, 올레를 다녀온 이후 이전의 나는 제주에 '들었' 던 게 아니라, 단지 제주를 '걸었' 을 뿐임을 깨닫게 된 것이다. '걷다' 와 '들다' 의 차이가 이토록 엄청날 줄이야.

올레는 휴머니즘이다. 예기치 못한 사람과 사람의 만남, 관계와 관계의 교감이 있는.

8코스 구간인 서귀포 남원읍 위미2리 곤내골을 걷다가 잠시 쉬어 갈 요량으로 들른 점방에서 저녁밥을 대접받은 일이 있다. 적적해서 문 열었다는 여든 살 양재춘 할머니는 "차 타고 가면 금방인데 이 길을 힘들게 왜 걷"느냐며, "배고플 테니 찬은 없어도 밥 먹고 가"라며 방으로 잡아끌었다. 소반엔 양재기에 담긴 국, 고춧가루만 뿌린 시꺼먼 자리젓, 콩잎, 열무얼갈이가 뚝딱 차려졌고, 입에 착착 붙는 찬 덕분에 밥을 한 공기 반이나 해치우기도 했다. 눈치 봐가며 슬그머니 용돈하시라 몇만 원 쥐어드렸더니 할머니는 화들짝 놀라며, "개 주끄는 소리 맙써양(쓸데없는 짓하지 마라)" 나무라셨다.

또 한번은 서귀포항에서 마침 하역작업 중인 선원들로부터 살이 통통 오른 조기를 한 봉지나 얻게 된 일이다. 사 먹으면 된다며 한사코 마다해도 기어코 들려주는 인심이라니. 이런 나를 두고 저자는 "세실리아는 진짜 올레 체질인가 봐. 올 때마다 생기는 게 많은 걸 보니" 하며 자기 일처럼 기뻐한다. 하지만 나로 하여금 올레를 '도로에서 마을길을 잇는 아주 좁은 골목길' 이라는 순제주어 또는, 도보여행이라는 일차원적 개념에서, 인간 대 인간의 소통 개념으로 확장시켜준 건, 행사를 치르느라 밤을 꼬박 지새우고도 물먹은 솜 같은 고단한 몸을 일으켜 "먹어야 걷지 안 그러면 못 걷는다"며 맏언니처럼 밥상 차려 생선 살점 발라 밥에 얹어주던 저자 서명숙이다. 물론 그녀는 알 리 없다. 말하지 않았으므로.

어느 순간 우리 사회에 '폐인' 이란 신조어가 자주 등장한다. 원래 병 따위로 몸을 망쳤거나 쓸모없는 사람을 지칭하는 말이었으나, 드라마에 심취한 시청자들이 특정 드라마 타이틀에 이 말을 붙여 사용하면서부터 어떤 일을 좋아하고 순수하게 열광하는 이들의 집단 혹은 모임, 한 분야의 전문적 식견을 갖춘 마니아를 지칭하는 말로 더 자주 쓰이곤 한다. 애정과 중독의 단계를 넘어, 한층 더 성숙되고 웅숭깊어진 저들이야말로 진정한 '올레 폐인' 이 아닐까 싶다. 우선 나부터.

이 책은 여행서적으로 분류되지만 저자 서명숙의 자전소설이기도 하다. 제주 서귀포에서 태어난 간세다리(게으름뱅이) 소녀,

꿈 많던 서울 유학생 신분, 운동권, 구속, 전 〈시사저널〉 편집국
장, 전 〈오마이뉴스〉 편집국장, 20여 년 기자직 사표, 산티아고
도보여행 완주, 현 (사)제주올레 이사⋯⋯. 저자는 지금 산티아
고 여행길에 자신과 한 약속을 이행 중이다. 전 세계 젊은이들이
열광하는 카미노에 비해 빠질 것 없는, 아니 사실 더 빼어난 풍
광의 고향 제주에 도보 코스를 만들고야 말리라던 약속 말이다.
저자가 하는 일은 도로공사처럼 산허리를 동강내고, 숲을 없애
고, 해안길을 훼손하는 게 아니다. 원래 있었으되 도시화 과정에
서 사라져버린 길을 고증을 통해 복원하고, 끊어진 길을 잇고,
최대한 자연친화적 인간의 길을 추구하는 것이다.

　저자는 책에서 올레에 형제 전원을 끌어들였노라 고백한다.
그중 성장기 내내 자신과는 전혀 다른 삶을 살아 집안의 근심이
던 조폭 두목 출신 남동생 이야기는 드라마틱하기까지 하다. 인
간이 자연 속에서 얼마나 천진하게 동화되고 거듭나는지 진솔하
게 적고 있다. 저자와 조폭 아우 동철 씨는 그렇게 화해했다. 그
뿐인가, 저자 주변 인물들이 출연료 없이 대거 등장한다. 이 엄
청난 사연을 원고 몇 장 서평에 담을 재주가 내겐 없다. 일독하
시라 권할 수밖에. 방송인 손석희는 이렇게 말한다. 내 말이 그
말이다.

"이 책은 또 하나의 '제주 올레'이고, 또한 '서명숙 올레'이기
도 하다. 그녀가 왜 그 아름다운 제주의 속살들을 세상에 보여주
고 싶어 안달인지, 그리고 그것이 얼마나 의미 있는 작업인지를
그녀의 사념들을 통해 자연스레 알게 될 것이므로······. 읽고 나
서 그 섬으로 가는 것도 늦지 않다."

동보서적 〈책소식〉

사랑밖엔 난 몰라

−고영희의 『블랙 러브』를 읽고

내 패스포트는 세계 각국 공항에서 받은 입국 허가 스탬프로 빽빽하다. 그러나 남아프리카 스탬프는 아직 없다. 운명이 그리로 강하게 작용하지 않았기 때문이리라. 허나 머잖아 그리로 날아가게 될 것임을 직감한다. 아니 어쩌면 나의 남아공행은 이미 시작되었다 해도 과언이 아닐지 모른다. 두어 해 전, 내 삶에 불쑥 끼어들어와 'Color of Africa'를 눈앞에 펼쳐놓기도, 귓가에 들려주기도, 냄새 맡게 하기도, 두근두근 느끼게 해주기도 하는 요정과 각별하게 소통하고 있으니 말이다.

영희, 혹은 샐리가 바로 그 장본인이다. 〈사랑밖엔 난 몰라〉란 노랫말과 심성이 흡사한 여자.

열일곱 순정도, 이십대 청춘의 터널도 지난 지 오래인데 여전히 사랑에 관한 한 대책 없이 물러터지고, 속수무책 순정하고, 온전히 헌신하려들기 때문이다. 이런 모습을 지켜볼라치면 각박한 세상 집채 만한 시련의 파도를 어찌 헤쳐나갈까 싶어 마음 쓰이다가도, 자신이 입을 피해나 상처 따윈 뒷전에 둔 채 타자를 향한 사랑에 저돌적으로 덤벼드는 갸륵한 마음에 감화돼 결국은 나 또한 그녀와 한통속이 되고 만다. 그뿐인가. 그녀의 말랑말랑한 사랑에 동참하기에 이른다. 모르긴 몰라도 그녀의 무수한 K와 H와 L와 S과 P…… 등도 별반 다르지 않을 게다. 그러고 보면 그녀가 가진 사랑은 실로 엄청난 위력을 가진 돌림병(?)임에 틀림없다.

남아프리카와 숙명적 사랑에 빠져든 영희, 혹은 샐리.
내게 있어 '아프리카'는 그녀를 만나기 이전과 이후로 확연히 구분된다. 이전의 아프리카가 내전과 인종차별, 기아와 각종 질병으로 신음하며 죽어가는 피부색 검은 아이들의 퀭한 눈, 풍선처럼 불룩한 배, 삭정이처럼 야윈 팔다리와 사흘 굶주린 맹수가 금방이라도 원시림에서 튀어나와 등을 덮칠 것 같은 공포가 지배적이었다면, 이후의 아프리카는 상상을 초월한 그 어떤 충격적 아름다움으로 와글와글해 몇 줄로 요약하는 일 자체가 불가할 정도다.

  가령 드넓은 초원 꽃물결로 일렁이는 카라 군락지, 야외 결혼식이 진행되는 드넓은 와인 농장, 하마노스 마을 해안 기슭에서 펼쳐지는 고래 가족의 분수 쇼, 맥주와 춤과 노래로 넘쳐나는 롱스트리트 거리, 케이프타운의 다양한 페스티벌, 포핀스·프로티어·에리카 등의 꽃을 비롯한 다양한 식물과 사슴, 얼룩말·망구스·타조 등 250종 이상의 동물과 조류를 만날 수 있는 희망봉의 하이킹 코스, 당나귀 울음소리를 닮은 자카스 펭귄, 걸음 자체가 춤사위인 플라멩코……. 아프리카의 자연 예찬은 이쯤에서 접어야 할 것 같다. 왜냐하면 그녀가 남아공을 사랑하는 가장 큰 이유는 그 어떤 것보다 거기서 만난 사람이므로.

  일주일에 한 번 나가는 임부멜루아노Imvumelwano 초등학교 미술수업 풍경은 눈앞인 듯 선하다. 천방지축, 좌충우돌이던 아이들이 회를 거듭해갈수록 다음 수업을 학수고대하며 집중하는 모습은 그녀의 탁월한 교수법이 애정에 바탕을 두고 있음을 짐작케 하는 한 단면이기도 하다. 특히 에이즈에 감염된 사실도 모른 채 한 주먹씩이나 되는 약을 2년째 복용 중인 몬잘라 사연에선 눈물을 제어할 수 없었다. 부모와 사촌형도 모자라 어린 영혼까지 탐하는 신께 바락바락 대들고 싶은 충동을 억누르느라 혼났을 정도다. 그녀만 나타나면 바람처럼 달려와 최상의 포즈를 취해주는 베테랑 모델 린데와 스콘을 세상에서 가장 맛있게 구워내는 샌디, "나는 희망의 포로예요"라는 메시지를 남겨준 투투 주교님, 달걀 수십 개와 타조 깃털 장식을 머리에 쓰고 다니는 에그맨, 피카소를 좋아하는 성공한 흑인작가 안델, 남아공을 운명으로 받아들이는 영화감독 레블 폭스……. 밤새워도 끝없을 사람, 사람들이라니.

아! 이 모두가 어느 날 내 안에 선전포고도 없이 막무가내로 쳐들어와 남아공의 이곳저곳, 이모저모를 속속들이 펼쳐놓고 가이드를 자처한 그녀 덕분이란 사실과 함께, 부끄럽지만 그간 아프리카에 관한 나의 무지가 가히 폭력적인 수준이었음을 고백하지 않을 수 없다.

1년 중 11개월은 남아프리카 케이프타운에서 샐리로 살다가, 매년 7월이면 한국으로 날아와 꽉 찬 1개월을 영희로 사는 여자, 그녀가 드디어 사고를 쳤다. 그것도 서적 출간이라는 기분 좋은 대형사고를. 바람처럼 들이닥쳐 바람처럼 머물다 바람처럼 총총 떠난 이들이 우후죽순으로 펴낸 여행서나 사진집이 서점마다 수

두룩한 세상에 남아공 관련 서적 출간이 뭐 대수냐 할지도 모르지만 『블랙 러브』는 다르다. 이 책은 한국인 여행자 영희의 가벼운 시선이 아닌, 이주 9년차인 샐리가 진솔한 시선으로 기록한 "I Love South Africa!"라는 고백서이기 때문이다. 그녀와 함께 남아프리카의 숨겨진 문화, 역사, 예술, 자연, 사람들과 성숙하게 소통하기 바라는 마음 간절하다.

고영희 포토에세이 『블랙 러브』(글로세움)

슬픔의 안쪽을 걸어 당도한 시
－조재도 시집 『좋은 날에 우는 사람』을 읽고

그 밤, 한 흐느낌이 있었네

울음으로 기억되는 사내가 있다. 감정에 겨워 깔짝깔짝 눈물 샘이나 건드려놓고 돌아서면 언제 그랬느냐는 듯 순식간에 천연덕스러워지는 그런 울음이 아닌, 속울음으로 아프게 각인된 사내가 있다. 한 사내, 그것도 지천명에 들어선 시인을 연상함에 있어 하고많은 것 중에, 예컨대 그동안 묶어낸 저서라든가 전교조 투쟁으로 말미암은 해직과 복직의 궤적이라든가 예사롭지 않은 그의 가족사나 느릿하면서도 진중한 인품은 쏙 빼놓고 왜 하필이면 울음인지에 대해 의아해할 사람이 있을지도 모르겠다. 그러나 나는 이 글을 쓰면서 '울음'을 중심축으로 그의 시에 다가서고자 한다. 울음은 그의 이번 시집을 관통하는 핵심어로 충분하겠기 때문이다.

후배 시인의 처녀시집 출간을 축하해주러 대전에 내려간 날이다. 그녀의 오랜 벗들과 밀항하듯 계룡산 자락 민속주점에 기어들었다가 동동주 몇 순배로 불콰해졌을 즈음, 그녀가 불쑥 그에게 전화를 걸었던 모양이다. 동석한 이들의 손에서 손으로 넘겨지던 핸드폰이 기어코 내 손에까지 건네졌다. 그와의 교분이라면 남북작가대회 참가자의 일원으로 만나 첫인사를 나눈 일과 그때 받은 시집 『그 나라』를 읽은 게 전부였던 터라, 딱히 할 말을 찾지 못해 곤혹스럽던 기억이 난다. 그도 할 말이 없긴 마찬가지였던지 한참을 묵묵히 말이 없었다. 그가 어떤 말이라도 해주면 좋으련만 그도 나만큼이나 어눌한가 보다 지레짐작하며 옹색한 안부나마 전하려던 찰나, 이를 어째, 수화기 저 건너에서 깊디깊은 흐느낌이 감지되었다. 모르긴 몰라도 어둠 속에서 활처럼 웅크린 자세였으리라. 차마 왜 그러냐고 묻지 못했다. 잘은 모르지만 그래선 안 될 것 같아서였다. 다만 나 아닌 다른 이들이 눈치채면 안 될 것 같아 황급히 밖으로 빠져나왔다. 농익은 풀내음이 훅! 끼치는 칠월 그믐, 장대비가 쏟아지기 시작했다. 난데없이 터진 그의 울음처럼.

대체 무엇 때문에 그랬는지 묻지 않는 나도 그렇지만, 그렇다고 한마디 말도 없는 그도 참 어지간하다. 그 후 우린 더러 잠깐잠깐 얼굴을 마주하는 기회가 있었지만, 소 닭 보듯 서로가 딴청이었다. 그랬던 그가 그의 시집에 뜬금없이 나를 끌어들인 것이다.

슬픔의 안쪽을 걸어 당도한 곳

처음 시집 원고를 받고, 보나 마나 슬픔의 기미, 한의 정조가 지배적일 거라 예상했던 나의 짐작은 보기 좋게 빗나갔다. 슬픔의 안쪽을 오래, 아주 오래 걸어와 '지금, 여기'에 당도한 그는 때로 순하고 때로 부드럽고 때로 유쾌하다. 그런가 하면 여전히 때로 날카롭고 때로 냉소적이고 때로 이전보다 더 비애적이다. 현실 문제에 개입하는 일도 주저함 없이 적극적이다.

칠판처럼 마음이 암녹색일 때가 있다
칠판처럼 묵묵히 외로움일 때가 있다
한 마디 말 화살처럼
아이의 가슴에 금빛으로 떨어진다
분필가루처럼 날리는 말의 껍질이 싫어
서둘러 그 앞을 떠나고 싶을 때가 있다

그 앞에 다시 서기 위해

십 년을 고스란히 싸운 날이 있다

−조재도 시 「칠판」 전문

　그는 1985년 세상을 떠들썩하게 했던 『민중교육』지 사건으로
학교에서 쫓겨난다. 이후 교육운동과 전교조 결성으로 두 번째
해직 상태로 있다가 1994년 복직하게 된다. 혼신의 힘을 기울여
투쟁했던 교육운동 현장에서 교단으로 복직하기까지 적지 않은
세월이 소요된 것이다. 그렇게 볼 때 「칠판」은 그와 같은 길을 걸
어온 동지(교사)들의 심정을 총체적으로 대변하는 암울했던 시
절의 기록인 셈이다. 그러나 그게 전부가 아니다. 가만 들여다보
면 이것은 단순히 암울했던 시절의 기록이 아니라 현재진행형
진술이다. 교단으로 돌아왔으되 마음은 "암녹색"이고 "외로움"
일 때가 있노라 고백하고 있지 않은가. "분필가루"처럼 분분히
날리는 말의 허상이 싫어 칠판 앞을 떠나고 싶을 때가 있노라고
말하고 있지 않은가. "십 년을 고스란히 싸"워 다시 돌아온 곳이
지만 개선되지 않은 이 땅의 교육 현실 앞에 전의를 상실한 채
때로 "묵묵하다"고 토로하고 있지 않은가.

"나와 아버지와 어머니와 말 못하는 형이 함께하는 저녁상
이다// 아버지의 병환과/ 칠순 어머니의 고된 노역과/ 농협
융자와/ 문창을 할퀴대는 장마철 비바람에/ 말없는 초라한
볼품없는 저녁// 어머니는 아버지의 병환을 깊이 근심한다/
아버지는 객지 동생의 실직한 생활을 걱정한다/ 나는 어머니
의 고된 노역을 측량하고/ 그러면서 제각기 말이 없는 저녁
// 내 가슴에 진흙덩이 꽉 메이는 것 같다/ 눈에 눈물이 고일
것도 같다/ 이렇게 갑갑하고 눅눅한 때를 당하면/ 화라락 문
을 열고 뛰쳐나가 고함 고함을 지르고 싶다가도// 잠잠히,"

　　-조재도 시 「저녁 밥상」 일부(시집 『그 나라』)

　　그의 가족사가 미루어 짐작되는 시편이다. 병환 중인 아버지
와 고된 노역을 혼자 감당해야 하는 어머니, 말을 하지 못하는
형과 실직한 동생. 마치 약속이나 한 듯한 신산한 삶이다. 숨기
려야 숨길 구석이 없는 적나라한 곤궁이다. 유행가의 한 소절처
럼 그야말로 "등이 휠 것 같은 삶의 무게"다. "화라락 문을 열고
뛰쳐나가" 공평치 못한 세상을 향해 고래고래 고함을 지르고 싶
은 충동을 느끼다가도 그런다고 해결될 일이 아님을 알겠기에,
그 모든 울컥한 덩어리들을 가만가만 다독이며 "잠잠"해지는 쪽

을 택하는 거다. 그러면서 한고비 넘기는 거다. 그러고 나면 거
짓말처럼 또 버틸 만해지는 거다.

    슬픔의 안쪽을 걸어온 사람은

    좋은 날에도 운다

    환갑이나 진갑

    아들 딸 장가들고 시집가는 날

    동네 사람 불러

    차일치고 니나노 잔치 상을 벌일 때

    뒤꼍 감나무 밑에서

    장광 옆에서

    씀벅씀벅 젖은 눈 깜작거리며 운다

    오줌방울처럼 찔끔찔끔 운다

    이 좋은 날 울긴 왜 울어

    어여 눈물 닦고 나가 노래 한 마디 혀, 해도

    못난 얼굴 싸구려 화장 지우며

    운다, 울음도 변변찮은 울음

    채송화처럼 납작한 울음

    반은 웃고 반은 우는 듯한 울음

한평생 모질음에 부대끼며 살아온

삭히고 또 삭혀도 가슴 응어리로 남은 세월

누님이 그랬고

외숙모가 그랬고

이 땅의 많은 어머니들이 그러했을,

그러면서 오늘

훌쩍거리며

소주에 국밥 한 상 잘 차려내고

즐겁고 기꺼운 하루를 보내는 것이다

　　　-조재도 시 「좋은 날에 우는 사람」 전문

　시집의 표제작 「좋은 날에 우는 사람」은 최근 그의 시들이 이
전의 시편과 어떻게 달라지고 있는지 가늠할 수 있는 키워드가
된다. 그동안 그의 시에서 주된 관심사였던 농촌 정서라든가 가
족사, 개인적 회한 등의 범주를 벗어나고 있는 조짐이 강하기 때
문이다. 다시 말해, 그간의 시가 그의 일상사와 밀접한 '기록적'
성격이 강했다면, 「좋은 날에 우는 사람」을 비롯한 최근의 시편
들은 시인 자신보다는 우리 사회가 처한 현실 세계를 가능한 충
실히 반영하고자 주력하고 있다. '나'를 제외한 '너'만의 문제가

아닌, '너'와 함께 '나'도 거기 포함된 '우리'의 문제를 심도 있게 다루고 있다는 것이다.

　이와 함께 그의 시집에서 예전과 다른 하나의 형식적 특징을 발견할 수 있는 바, 그가 시를 시인과 독자 사이의 일방통행이 아닌 雙方通行을 도모하고 있다는 점이다. 한편의 시는 시인에 의해 오롯이 완공完工되어 독자에게 전달된다. 그것이 일반적인 시 창작의 원리이자 오래된 유통의 형식이다. 이렇게 정해진 '틀' 속에서 독자는 이미 씌어진 시에 관여할 수 없다.

　그는 독자들이 시를 읽으면서 행간과 자간에 끼어들 여지를 남겨둔다. 그렇게 함으로써 알게 모르게 형성된 시의 권위주의, 엄숙주의로부터 거리를 두려 한다. 정형화된 틀에서 반 보步쯤 비켜선다. 자서에서 밝힌 바와 같은 "미완성으로 남겨두기, 생략하기, 직접 인용, 빈칸으로 두기, 공동창작, 그림 사진 만화 등으로 시어를 대신하기" 등이 그러한 의도에서 시도된 것들인데, 그리하여 그는 '말린 소가죽처럼 딱딱하고 고집이 센' 시에 다소간 "재미있고, 풍부해지고, 따뜻한 피가 돌기"를 바라는 듯하다.

　슬픔에 대한 기억을 갖지 못한 자들은 '좋은 날에 우는 사람'의 심정을 이해하지 못한다. 구차스럽다거나 청승맞다고 매도한다. 하지만 "슬픔의 안쪽을 걸어온 사람"은 시시콜콜 듣거나 말하지 않고서도 이내 고개를 끄덕이며 이심전심이 되고 만다. 살아온 날이 안쓰럽기도 하고 대견하기도 하고 갸륵하기도 하여 함께 부둥켜안고 눈물 콧물 범벅이 되는 것이다. 오늘의 좋은 날이 거저 온 것이 아님을 아는 자들끼리의 무조건적인 유대감이다.

"슬픔의 안쪽"을 아주 오래 걸어온 그의 시는 리얼리즘을 넘어서 민중적, 민족적 서사 구도의 리얼리티에 안착해 있다고 감히 말할 수 있겠다.

느림 속에 깃든 말들의 올곧은 뼈

어떤 말이 저렇게 깨달음의 등불을 오롯이 드러낼까
어떤 말이 저렇게 강물처럼 흘러 순간마다 빛날까
어떤 말이 늘 서서 걸으며 달려가는 우릴 멈추게 하겠는가
그 자리에 멈추어, 앉아, 되돌아보게 하겠는가
가만 있자의 그 순간이 어디
사람에게만 있겠는가
소주 집에 앉아 씩둑거리는 사람에게만 있겠는가
날아오를 자리 가늠하며 대가리 까댁이는
미루나무 꼭대기의 저 까치에게도

주춤대며 개천 다리 건너오는

오늘 아침 샛강의 자욱한 안개에도

그러니까 그 자세, 가만 있자의

낮은 걸음 자세는 깃들어 있는 것이다

왜 아니겠는가, 한 순간 불티처럼 튀어나온 그 깨달음에

극極으로 치닫던 마음이 돌아앉는다

제 몸 진저리치며 세우는 그 자리에

고양이

쥐의 일에

슬퍼도 하고

밭에서 돌아온 소가

부어오른 제 발등을 핥기도 한다

어느 말이 저렇게 어두운 골방에서

맹렬히 타오르는 담뱃불이겠는가

–조재도 시 「가만 있자 그러니까 그게 거, 할 때의 그 가만 있자에 대하여」 전문

그가 구사하는 어투는 시종일관 느릿하다. 도무지 급할 게 하
나도 없다는 듯 딴청이다. 어눌한 듯도 싶고 때론 능청스럽기까

지 하다. 그는 시집 곳곳에서 "읐다", "없드래도", "어여 눈물 닦고 나가 노래 한 마디 혀", "뚧고", "한숨만 폭폭 내쉬는 게 일이랴", "죄다 받아온다는 겨", "사람 사는 일이 정말 맘먹기에 달렸지유?", "을매나 맛나고 칼타운지 몰러" 등 구성지고 맛깔스런 토속어를 쏟아낸다. 어디 그뿐인가. 잊혀가는 우리말을 찾아 적재적소에 부려놓는 일에 공을 들인다. 언어 파괴가 실험적으로 횡횡하는 이즈음의 시단에서 어쩌면 그의 이러한 시작詩作은 준엄하고 숙연하기까지 하다. 국도변에 핀 풀꽃과도 같은 잔잔한 감동과 감흥을 불러일으키는 그것! 이를테면 그의 시에 들면 별다를 것 없는 '코빼기'가 "코쭝배기"가 되고, '길쭉' 도 "걀쭉"이, '매콤' 한 연기도 생솔가지 불 지필 때의 그 "매쿰"한 연기가 되어 눈에서 눈물이 핑그르 돌 정도의 맵싸한 연기로 피어오르는 것이다. "씩둑거리다", "후엉후엉", "움먹", "후녁후녁", "헤벌씸", "손포", "희까스르다", "배토롬하다", "추썩거려보다" 등 그가 구사하고 있는 이와 같은 말들이 더욱 놀라운 것은 시의 행간을 읽어내는 일이나 전체적인 맥락을 짚는 일에 하등 장애 요소로 작용하지 않는 생래적이고도 일상적인 언어라는 것이다.

그가 구사하는 시어가 그러하듯 그의 시 곳곳에서 드러나는 삶을 대하는 자세는 '느림', 그리고 '앉음' 이다. 그는 늘 서서 달리는 우리들에게 멈추라고 한다. "멈추어, 앉아, 되돌아보라고" 한다. 그렇게 가만히 앉아 있는 순간에 존재는 비로소 존재와 만나며, 그 같은 깨달음에 "극極으로 치닫던 마음이 돌아앉는다"고 한다. 상생과 평화와 생명에 대한 연민이 비로소 삶의 바탕에 놓여 홀연 머리 위의 별들과 발밑의 땅을 새삼 실감하게 된다고 한다.

   미군기지 확장으로 고향에서 쫓겨날 위기에 처한 평택시 팽성읍 대추리 마을 주민들의 처지를 화두로 삼아 쓴 「대추리」 같은 시도 그가 구사하는 언어의 진경을 잘 보여준다.

   그러믄유 딴 거 읎슈

   올해두 농사짓자는 거유

   내 땅에 내가 물 대어

   내 손으로 농사짓겠다는디

   웬늠의 참견이 이리 성가시대유

   그럼유, 우린 딴 거 안 바래유

   작년처럼 올해두

   농사짓자는 거유

   미군기지가 일루 웜겨오면

   그 땅이 여의도 몇 배?

열 배라나 스무 배라나 허더먼서두

그리고 또 뭐라지?

미군기지가 여기 평택으로 오는 건

수원 – 평택 – 군산 – 광주로 해서

앞으로 중국을 포위하기 위해서라는디

우린 그런 건 잘 몰러유

그러믄유 딴 거 읎슈

그저 올해두 작년처럼 농사짓자

이거 하나유

아무리 철조망을 둘러치고

나가라구 혀두

이거 하나는 막을 수 읎을규

–조재도 시 「대추리」 전문

그의 호곡好哭론

올 여름은 유난히도 무더웠다. 게릴라성 집중호우와 불볕 폭
염이 하루에도 수차례 오락가락했다. 예보의 정확도를 높이기
위해 '제3세대 종합기상정보 시스템'까지 도입한 기상청의 강수
예보는 기대치를 훨씬 밑도는 것이어서 시민들의 불만을 샀다.

오죽했으면 기상청 홈페이지에 일기예보청이 아니라 일기오보청이라는 비아냥이 등장했을까. 열대야로 인해 숙면에 들지 못하고 뒤척이는 밤, 집요하고 그악스런 매미 울음이라니. 그렇다고 문을 닫을 수도 없고. 참을 수밖에 도리가 없다. 예년 같으면 땅속에서 나무뿌리의 수액을 빨아먹으며 장장 17년을 견뎌낸 끝에 비로소 세상 밖으로 나온, 그러함에도 수주일 이내에 짝짓기와 산란을 마치고 나면 며칠 못 가 죽고 마는 매미의 일생에 대해 명치끝이 묵직해져 오는 감상에 빠져들어야 마땅하나, 올해는 숙면을 방해하는 훼방꾼으로만 여겨졌다. 애꿎은 매미만 미움을 산 것이다.

예나 지금이나 매미의 울음은 한결같은데 그의 시에서 그것은 "허공을 가로지르다 휘청 거미줄에 걸린 매아미의 비명 소리"(「뒤뜰 정담」)가 되기도 하고, 어느 땐 "가슴 속 출렁 고인 울음"(「기원」)이 되기도 한다. 또 그런가 하면 "가슴 속" "말뚝처럼 박혀 버린/ 얼음덩어리"(「빙벽」)이기도 하고, "있는 힘 다해 살아 있는, 허나 죽어 가는"(「자라」) 이들의 필사적인 몸부림이기도 하다.

처서 무렵 우는 매미 소리는

강철 빛깔이다

골무만 한 몸통에서

가슴팍 열어 젖혀 쟁명히 울어대는

매움 매움, 저 매미 소리는

하늘과 땅 사이 나 아니면 울 게 없다는

아니 아니 하늘과 땅 사이 울 것 투성이인데

아무도 울지 않아 내가 대신 운다는

매미가 쓰는 호곡론好哭論이다

그래 그건 그렇고

넌 언제 울어봤니

두 줄기 눈물 비줄배줄 흘리는 그런 울음 말고

막힌 칠정 한꺼번에 터져 나와 목젖이 다 갈라지는

크나큰 울음, 통곡을

넌 어느 때 울어 봤어

아파트 숲 단풍나무 가지에 앉아

꽁댕이 들었다 놨다 울어 퍼지르는

아흐, 저 빛살의 매미 소리

어떤 톱날로도 자를 수 없는

　-조재도 시 「매미 소리」 전문

호곡號哭의 사전적 의미는 "소리를 높이 내어 슬피 우는 울음"이다. 그러나 이 시에서 시인이 골라 쓴 호곡好哭은 그러한 의미가 아니다. "가슴팍 열어 젖혀 쟁명히 울어대는"이라는 표현과 "울 것 투성이인데/ 아무도 울지 않아 내가 대신 운다"는 진술로 보아 호곡은 사회적 자아가 깨져 존재의 본질과 맞부딪쳤을 때에야 울 수 있는 장대한 울음이다. 그런 울음은 언제 우는가? 그런 울음을 우리는 언제 울어보았는가? 우린 이미 그런 울음을 잊고 살지 않는가?

시인은 "꽁댕이 들었다 났다 울어 퍼지르는" 매미의 울음을 통해 울음을 잊고 사는 현대인들의 앞뒤 꽉 막힌 '비극'을 환기시켜주고 있다.

신성神性이 머물다 간 자리

올해는 '빈자의 성녀'인 마더 테레사 수녀가 선종한 지 10주기 되는 해다. 그가 생전에 동료 신부들에게 보낸 40여 통의 서한이 공개됐는데 그중 "저에게는 침묵과 공허감이 너무 커, (예수님을) 보려 해도 보이지 않고 들으려 해도 들리지 않는다"는 인간적 번민이 화제를 불러일으키고 있다. 신의 존재에 대한 의문으로 고통스러워하는 일이란 성직자나 일반인이나 별반 다르지 않은가 보다. 지금이야 덜하지만 문단 데뷔 초기, 카톨릭 영세명을 필명으로 쓰고 있는 나를 수녀로 착각하는 이들이 더러 있었는가 하면, 신앙심이 남다를 거란 선입견을 갖는 이들이 있는 것 같다. 묻기라도 하면 좋으련만 지레짐작으로 그쳐버리는 경우가 다반사다. 그럴 땐 난감하다. 요즘 아이들의 표현을 빌리자면 그야말로 "ㅠㅠ"다. 고백하거니와 나는 불량 신자다. 왁자한 주일 미사보다는 평일 텅 빈 성당에 도둑처럼 들어가 묵상을 하곤 한다. 신의 존재에 대해 어찌 생각하느냐고? 물론 노코멘트다. 하지만 분명한 건 마더 테레사의 번민이 내게 큰 위안이 되었음은 말할 나위 없다.

일촉즉발 붙기 전 두 녀석이 나에게 걸렸다. 한 놈은 벌써 눈텡이가 밤텡이다. 도서실에 불러 앉혔는데도 치켜 뜬 눈이 황소 눈이다. 제 분 못 이겨 부르르 몸을 떤다. 이마가 깨져도 끄떡 않을 놈들이다. 악써대는 고함에 도서실 고요가 유리잔처럼 부서진다.

사과할래, 안합니다, 그럼 한 번 쳐야겠어, 네, 너도, 네, 좋아, 치고 싶다면 쳐야지, 나도 열 받는다, 막무가내 앞에서 나도 그냥 막무가내 되고 싶다.

  그러다 문득, 우리 5분만 가만 있자, 그런 다음 치기로 하
자, 멀뚱히 떨어져 앉아 삼·백·초를 견딘다. 운동장에 까
치 한 마리 날아와 앉는다. 은행잎 호로로 진다. 그새 늦가을
한 토막 서둘러 간다.

  갈밭에 눈 내리듯 분노 잦아든다. 고요의 손길이 터진 제
몸을 한 땀 한 땀 깁는다. 씩씩거림 흥분이 고요 속으로 기어
든다. 강둑 물안개 퍼지듯 고요, 고요히 제 자리 찾아 앉는다.

  얼핏 신성神性이 지나는 걸 보았다

  -조재도 시 「고요의 힘」 전문

  묵주기도를 바치고 있는 나를 물끄러미 바라보던 아이가 머뭇
머뭇 물었다.
  "하느님의 존재를 믿으세요?"
  "글쎄, 음. 솔직히 잘 몰라. 전쟁과 기아와 인면수심의 범죄,
대형 사고와 난치병으로 죽어가는 무고한 영혼들을 보면 하느님

이 정말 계시기나 한 걸까? 계시다면 이럴 수는 없는 거잖아. 하느님의 뜻이라고? 하느님의 뜻이 뭔데? 천국에 들게 하려고 시련을 주시는 거? 그건 아니잖아. 엄마도 혼란스러울 때가 많아."

"그럼 왜?"

"그런데 왜 믿느냐고? 독실한 크리스천들에겐 몰매 맞을 소리 겠지만, 신! 이를테면 예수나 하느님은 '희망'의 다른 이름이 아 닐까 하는 생각이 들 때가 있어. 바꿔 말하면 희망이라는 게 예 수도 하느님도 될 수 있다는 거지. 엄마는 희망의 끈을 잡고 있 는 거지. 신의 또 다른 이름일지도 모를 희망!"

아이는 알 수 없다는 표정으로 고개를 갸웃거리더니 자기 방 으로 들어가버린다. 로마에 다녀온 후배가 교황청 앞 기념품 가 게에서 샀다며 선물로 준 장미나무 묵주를 한지 공예 묵주함에 넣는다. 손가락 마디마디에 장미향이 배었다. 대책 없이 착해지 는 순간이다. 그런 마음으로 「고요의 힘」을 읽는다. 거기 조재도 라는 한 시인이 서 있다. 비로소 그에 대해 조금은 알 것도 같다. "일촉즉발 붙기 전" 괘씸한 두 녀석을 붙들어놓고 "우리 5분만 가만있자", 그러고 나서도 여전히 화가 가라앉지 않으면 싸워도 좋다고 제안한다. "삼·백·초"가 길다. 삼·천·초, 삼·만·초 는 되는 것 같다. 처음엔 분을 삭이지 못해 씩씩거렸지만 묵묵히 앉아 있노라니 겸언쩍었을 게다. 후회도 됐을 게다. 때린 놈도 미안했을 것이고, 맞은 놈도 '용서'라는 말의 의미를 되새겼을지 모른다. 등 뒤에서 째깍째깍⋯⋯ "까마귀 한 마리 날아오고" ⋯⋯ 째깍째깍 ⋯⋯ "은행잎 호로로 지고" ⋯⋯ 째깍째깍 ⋯⋯ "늦가을 한 도막 서둘러 가는" 사이 분노를 다독이는 고요의 손길이라니, 모든 것 끌어안는 고요의 품이라니, 제자리로 돌려놓는 고요의 힘이라니. 거기서 신성神性을 읽어내는 시인의 혜안이 놀랍지 않은가.

얼얼한 생

"노인 병원 수족관에 자라 한 마리 납작 엎드려 있다/ 죽음을 앞둔 노인이 생의 주름 잔뜩 오므리고 누워 있듯 그렇게 누워 있다/ 거대한 층층의 현대판 고려장"에 아버지를 모셔놓고서야 생각한다. 나이 들고 병든 노인들의 굼뜬 거동을 지켜보면서 "휠체어 바퀴 한 번 밀어 3cm 이동"하고 "죽 한 그릇 삼키는데 삼천갑자 동방삭"인 삶에 대해 "어쩌면 처음부터 저렇게 느리게 움직였는지도 모를"(「자라」) 일이겠다 불현듯 깨닫기도 하고, "문고리 걸어 잠근 안방 책상에/ 장례식 때 쓴 어머니 사진,/ 전화기, 성경책, 그리고 펼쳐놓은 내 시집 한 권", "이따금 시간나면 전화통화하자는 순박한 믿음과/ 내가 쓴 시 한 번 보시기나 하라는 대책없는 소망"이 먼지로 쌓여가는, "장미와 영산홍이 저 혼자 붉은", 하지만 하루가 다르게 어깨 기울어지고 무릎 꺾이고 허리 꼬부라져 "눈물 나는" 고향집을 찾아 "화사하게 걸어 나오고"(「그 집」) 계신 어머니와 꿈결처럼 잠시 잠깐 해후도 하는 것이다.

그렇게 만나는 그의 어머니는 "슬픔의 안쪽"이며, "배추씨보다 더 작은 무명씨"이고, "침묵의 시렁", "막힌 칠정 한꺼번에 터져 나와 목젖이 다 갈라지는/ 크나큰 울음, 통곡", "출렁이는 반도의 슬픔"인 것이다. 오랜 병마에 몸져누운 아버지는 노인 병원에 계시고, 남편을 대신해 노역으로 식솔을 부양한 어머니는 돌아가셨다. 민중의 전범典範이 되어주셨던 한 세계는 저물어가는 중이고, 한 세계는 이미 저문 것이다.

죽은 어머니를 고추밭에 묻었다
한 길 땅 속 허공에 반듯이 누워
분해되어 가는 어머니
푸른 햇살 되퉁기는 풋고추에 몸을 실어
올여름 우리에게 싱싱하게 오신다
생명은 이렇게 한 치 건너 두 치

보이지 않는 길 따라

목숨을 싸고 돈다

고추에 된장 듬뿍 찍어

와삭, 어머니를 먹는다

어머니 살을 먹는다

어머니를 움켜쥐고 있는 흙의 손을 먹는다

얼얼하구나, 오냐, 살 수 있겠다

　－조재도 시 「유물론」 전문

　어머니를 먹는다. 고추밭에 묻혀 풋고추로 부활하신 어머니를 "와삭" 깨문다. 싱싱한 어머니의 살을 먹는다. 생활에 부대껴 의기소침한 나, 소심해진 나, 풀 죽은 '나'가 눈에 밟혀 풋고추의 푸른 몸을 빌어 "푸른 햇살 되퉁기"며 찾아오신 어머니를 밥상에서 먹는다. "얼얼하다" 정신이 바짝 난다. 복잡하고 각다분하기만 한 세상사. 그러나 별 거냐? 오냐, 그래 잘 살 수 있겠다!

　『좋은 날에 우는 사람』이라는 택호가 붙여진 집이 완공됐다. 견고한 집에 골방 한 칸쯤 거저 들인 것 같아 마냥 기쁘다. 시집의 첫 독자로 그가 나를 호명했다. 첫사랑만큼이나 설레고 흥분

제3부 · 사랑한다는 말 · 슬픔의 안쪽을 걸어 당도한 시 **207**

하는 동안 결코 물러서지 않을 것 같던 폭염도 사위고 어느새 가을이다. 욕망의 덫에 스스로 걸려들어 자아는 물론 가족의 존재마저 망각하고 살아가는 세태를 따끔히 풍자한 「등나무 꽃」의 보랏빛 꽃등도 그새 일제히 소등했고, 영역을 확장한 짙푸른 그늘만 고즈넉하다. 조금은 쓸쓸해져도 좋을, 조금은 가난해져도 좋을 계절, "제 몸을 낮추어 공손히/ 사람이 와 앉기를 기다리는" 빈 의자에 앉아 그를 배웅한다.

　잘 가시라, 호곡嚎哭의 시절이여. 부디 오래 머무르시라, 호곡好哭의 시절이여.

조재도 1957년 충남 부여 출생. 시집으로 『백제시편』 『그 나라』 『사십 세』 『교사 일기』 『좋은 날에 우는 사람』 등이 있고, 산문집 『내 안의 작은 길』, 장편소설 『지난날의 미래』, 동화 『넌 혼자가 아니야』, 교육에세이 『일등은 오래가지 못한다』 『삶. 사회. 인간. 교육』, 시 해설집 『선생님과 함께 읽는 윤동주』, 성장소설 『이빨 자국』 등을 펴냈다.

조재도 『좋은 날에 우는 사람』 발문

제4부 못다 한 말

시를 울다

제1회 아시아·아프리카 문학 페스티벌이 지난 7일부터 14일까지 전주시를 비롯한 전라북도 일원에서 개최됐다. 참여 작가들은 각자의 행사에 참석하느라 리셉션 장소에서나 겨우 얼굴을 맞댈 뿐이어서 아쉬움이 없지 않았으나 분주함을 흔쾌히 감수하는 눈치였다. 필자 또한 3박 4일의 일정 동안 이리고등학교와 임실동중학교에서의 문학 강연 및 전국백일장 심사 등 빡빡한 일정을 소화해야 했다. 힘들긴 했지만 값진 체험이었다. 그중 임실동중학교에서의 강연은 지금 생각해도 눈물이 난다.

강당을 가득 메운 학생들 앞에 섰다. 알아듣기나 할까? 걱정했는데 기우였다. 특히, 시종일관 나를 뚫어져라 응시하던 몇몇 시

선은 매우 인상 깊었다. 시 한 편을 학생들과 함께 낭송하기로
했다. 이주노동자들이 한국에 와 가장 많이 듣는다는 '나쁜 새
끼', '개새끼'의 외국식 발음인 '시캬'를 제목으로 삼아 쓴 필자
의 시「시캬」다. 물론, 시를 쓰게 된 배경 설명도 곁들였다.

마석가구공단 뒤켠 쪽방촌 어귀엔 무슨무슨
마트라는 한글 상호 하단에 괄호 열고 닫고
siekya라 써 넣은 상점이 있다
전자사전은 물론이거니와 네이버 지식iN에도
올라 있지 않은 국적 불명의 이 영단어에는
이주노동자들의 신산한 삶이 배어 있다는데
말하긴 뭣하지만 이 새끼 저 새끼 망할 놈의
새끼… 할 때의 영문 표기란다 가게 주인의
상투적인 말투를 야, 이봐, Hi쯤으로 지레짐작해
제 딴엔 멋진 한국식 인사라며 고용주와
가게 주인에게 시캬 시캬 하다가 혼쭐났다는
일화는 한 편의 빼어난 블랙코미디다
샬롬의 집에 초대받아 시를 낭송했다
손가락 세 개를 공장 마당에 묻고 방글라데시로

추방당한 씨플루에게 폐암 말기로 고국에 돌아가

히말라야 끝자락에 묻힌 네팔인 람에게 열세 번의

구조 요청을 묵살당한 채 혜화동 길거리에서

얼어 죽은 조선족 김원섭 씨에게 사죄하고자

섰다 시인으로서가 아닌 코리안 시캬로 섰다

　　　−손세실리아 시 「시캬」 전문

　아이들은 예의 신록 같은 짱짱함으로, 오월 햇살 같은 반짝임
으로 낭송을 마쳤다. 모두들 아파하고, 미안해하고, 사과하는 마
음 한 바닥 없이 국어교과서 읽듯 또랑또랑 읽어내던 것이었다.
시에 담긴 메시지를 파악할 겨를이 없었던 까닭인 줄 알면서도
명치끝이 묵직했다. 가라앉은 음성으로 일부를 다시 들려줬다.

　샬롬의 집에 초대받아 시를 낭송했다/ 손가락 세 개를 공장 마
당에 묻고 방글라데시로/ 추방당한 씨플루에게 폐암 말기로 고
국에 돌아가/ 히말라야 끝자락에 묻힌 네팔인 람에게 열세 번의/
구조 요청을 묵살당한 채 혜화동 길거리에서/ 얼어 죽은

　이 대목에서 목이 메고 말았다. 물 한 모금 마시고, 헛기침을

해가며 감정을 추스르는 동안 아이들은 나보다 더 숙연해져 있었다. 죄지은 듯 잠잠했다. 한참 있다가 남은 부분을 마저 낭송했다.

　조선족 김원섭 씨에게 사죄하고자/ 섰다 시인으로서가 아닌 코리안 시캬로 섰다

　'코리안 시캬' 는 되지 말자는 말을 끝으로 강연을 마쳤다. 울먹이며 시를 낭송한 내게 우레와 같은 박수를 보내던, 사인을 받으러 몰려든 친구들을 위해 선뜻 등 구부려 평평한 등판을 내어주던, 손나발 둥글게 말아 "보고 싶을 거예요, 사랑해요"를 외치던, 늦가을 먼 길 달려온 시인을 울려버린 어린 독자들아! 너희가 시다. 구구절절 절창인.

〈국민일보〉

나는 비겁했다

마지막 조문객

 지난 5월 18일, 아버님께서 여든여덟의 일기를 끝으로 영면에 드셨다. 저녁 진지 잘 잡수시고 TV 뉴스까지 시청하신 다음 잠자리에 드셨다가 새벽녘 생을 접으신 것이다. 시낭송 녹음 일정이 잡혀 있던 터라 관계 기관에 전화를 걸어 여의치 않은 상황에 대해 간단한 통화를 마쳤을 뿐 지인들에게 일일이 부음을 알릴 경황도 없이 고향 정읍으로 향했다. 저마다 꿈꾸지만 또한 저마다 이루기 힘든 죽음을 맞이하셨으니 축복이라는 말로 스스로를 위로해보기도 했지만 그럴수록 바닥없는 슬픔은 마른 눈물로 쩍쩍 갈라질 뿐 그다지 위안이 되진 않았다. 일산 집에서 빈소가 차려진 정읍아산병원까지 세 시간 반, 그 길이 여느 때완 달리 멀고도 길게 느껴졌다.

카톨릭 신자인 아내를 좇아 영세를 받으신 아버님의 장례는 카톨릭 의식에 따르기로 했다. 가족을 잃고 비통해하는 상주들에게 누를 끼쳐선 안 된다며 음식은커녕 물 한 모금조차 사양하는 성당 신자들의 연도가 하루에도 서너 차례씩 이어졌고 마지막 가시는 길, 배웅하지 못하면 내내 아쉬워할 친지들에게만 소식을 전했을 뿐, 아버님의 임종 소식을 가능한 외부에 알리지 않기로 했다. 그러나 어찌 알았는지 먼 길 한달음에 달려온 문단 선후배들의 애도가 이어졌다. 한사코 달려온 그들이 나 자신을 돌아보게 만들었다. 애사는커녕 경사조차 챙기지 못하고 살아온 나이지 않던가. 참으로 염치없는 노릇이다.

발인 날 새벽, 마지막 조문객이 도착했다. 작가회의 홈페이지를 통해 뒤늦게 부음 소식을 접했다며 부랴부랴 달려온 선후배들인데 이들은 현재 대추리와 어떤 식으로든 밀접하게 관계를 맺고 활동 중인 작가들이다. 대추리 문화예술인 마을 조성에 미더운 일꾼 역할을 충실히 수행하며 '대추리 만인보'를 다음 카페 〈황새우울〉에 연재하고 있는 서수찬 시인, 대추리가 있는 팽성읍 주민의 한 사람으로서 작가들의 동참을 간곡히 호소하고 나선 류외향 시인, 그리고 무슨 수를 써서라도 대추분교 철거만은 막아야 한다며 맨몸뚱이로 사수하다 군병력의 벽돌에 맞고 방패에 찍혀 이마 깨지고 뒤통수 터진 송경동 시인과 이재웅 소설가가 바로 그들이다.

슬프고도 아름다운 공연, '비콘'

황새울 들녘 농수로에 물 대신 콘크리트가 채워지던 날, 그러니까 지금으로부터 두어 달 전, 논바닥에 주저앉아 통곡하는 농민들을 보았다. 광목 끈에 목이 감긴 채 질질 끌려가는 반백의 가수를 보았다. 가난한 전업 시인의 깨진 안경을 보았다. 평온하기만 한 나의 일상으로 밀물처럼 밀려들던 함성… 함성을 들었다. 고통을 주체하지 못해 신음했다. 그리고 생각했다. '시를 써야겠구나. 쓸 수밖에 없겠구나' 생각을 굳히고 있는데 이런 내 마음을 간파하고 있었다는 듯 자유실천위원회 위원장인 소설가 이인휘 선배가 전화를 걸어왔다.

"대추리 현안에 관한 시…."

말이 채 끝나기도 전에 "안 그래도 쓰려던 참이었어요. 써야지요. 쓸게요."

"그래. 잘 됐다. 그럼 29일까지…."

"네."

선배가 부탁한 시가 어떤 용도로 사용되는지 물을 필요도 알 필요도 없었다. 긴박하고 절실한 사안에 대한 우리(문학인)들끼리의 묵계다. 한마디 말이면 통한다는 뜻이다.

대추분교 운동장 한켠에 움막처럼 설치된 비닐하우스에서는 매주 토요일 늦은 일곱 시에 비닐하우스 콘서트(약칭, 비콘)가 12주 동안 한 차례도 거르지 않고 이어졌다. 대추리 주민들과 미군기지 확장, 토지 수용에 반대하는 많은 이들이 먼 길 달려왔다. 실제로 제주, 경상, 전라, 강원, 경기도와 일본에서까지 공연에 참여하거나 참관하러 대추리에 다녀갔다. 대추리에서 나고 자란 가수 정태춘 씨는 신제국주의 미국의 야욕으로부터 한국인의 자존을 지키고 고향을 지키겠다는 일념으로 틈틈이 대추리에 내려와 삽자루를 잡았고, 비콘을 진두지휘했다. 그는 말했다.

"비콘은 슬픈 콘서트이지요. 세상의 끝에서 열리는 가장 고립된 자들을 위한 벼랑 끝 콘서트입니다. 비장할 때 노래가 비로소 노래가 됩니다. 모두 그렇게 공연해주실 것입니다."

미술인, 영화인, 종교인, 문인, 무용가, 가수, 공연 연출가, 시민단체, 일반 시민, 학생, 대추리 솔부엉이와 막 패기 시작한 보리 이삭…… 그리고 대추리에 뼈를 묻고 싶어하는 마을 어르신들께서 촛불 한 자루와 구성진 추임새로 비콘을 끝까지 빛내주셨다. 마지막 무대는 그야말로 한마당 잔치였다. 마을은 오전부터 뜻을 같이한 사람들로 북적였고 굿과 노래와 춤과 영상과 사물놀이가 늦은 밤 대추분교를 흥분시켰다. 그러나 아이러니하게도 우리의 축제 현장 위로는 군용 헬기가 밤하늘을 저공비행하고 있었고, 몇 발짝 밖 마을 초입엔 군병력이 배치되어 있었다. 미군기지가 지척이다. 무대에 올라 자작시 「다시 격문을 쓴다」를 낭송했다. 대추리의 빼어난 서정과 넉넉한 인심을 시로 담지 못하고 격문에 담아내야만 했던 착잡한 심정에 목소리는 바닥에 납작 가라앉았다. 자꾸만 감지되는 불길한 폭풍 전야를 외면할 수만은 없는 노릇이어서 난생처음 격문을 써내려갔던 것이다.

  자유의 상징인 너희 아메리카여
  네가 군홧발로 깔아뭉개고 으스러뜨렸던 건
  내 아버지의 손목이다
  자식들 먹이고 가르치느라 평생 볍씨 뿌리고 낫질한
  농투성이 갈퀴손이다 이 땅의 밥줄이다
  내 어머니의 허리다
  갯벌 메워 논배미 다지느라 활처럼 굽어버려

기를 쓰고 또 써도 펴지지 않는 가난의 등고선이다

팬티 속까지 소지품 검사 받으며 퇴근해야 하는

피엑스 일용직 우리 오빠 구겨진 자존심이고

장다리꽃 황토 동산 솔부엉이들의 목구멍이다

황새울 들녘을 휘감고 흐르는 실개천의 똥구멍이다

숨통이다

평화의 상징인 너희 아메리카여

네가 고함지르며 밀치고 거꾸러뜨렸던 건

제발 농사만 짓게 해달라고 통사정하는

내 늙은 부모다 형제다 이웃이다

배추노랑나비 날갯짓과 바람과 일상의 소소한 평화다

핵탄두와 장갑차와 최신예 F16기에

호미와 삽자루와 벽그림과 벽시로밖에 대항할 줄 모르는

힘없는 민간인이다 다윗이다

온갖 수사와 미사여구를 갖다 붙여놓고

정작 어느 하나 이름값도 못하는 너희여

오늘 여기, 경기도 평택시 팽성읍 대추리

늙은 농부의 눈물 앞에서
피를 부르는 너의 육식성 탐욕을 고발한다
사월 제주와 매향리와
노근리와 효순이 미선이와 아프간을 다시 고발한다
한반도 곳곳의 알토란 같은 땅을 한 입에 꿀꺽하고도
한 뼘 농토마저 날름 삼키려드는 후안무치인 너여

지나가던 개도 코웃음 칠 너희끼리의
위험천만 평화주의여! 자유주의여!

지금 우리가 서있는 대추분교는 사선이다
벼랑 끝이다
싸움은 이제부터다

－손세실리아 시 「거리에 두고 온 시＿대추리」 전문

　집을 떠나올 때 가방에 여벌의 옷가지를 챙겨왔으나 사소한
몸싸움도 없었으므로 꺼내 갈아입을 필요가 없었다. 퍽 다행한
일이다. 늦은 시간, 집으로 돌아오면서 밤하늘에 소망 하나 내걸
었다. '격문'이 필요 없는 평화의 세상이기를.

비겁했던 하루를 돌아보다

술잔 기울이는 선후배들과 이런저런 이야기를 나누다가 상에 엎드려 토막잠에 빠졌었나 보다. 10여 분 흘렀을까? 누군가의 저음에 잠을 깼다. 최근 시집을 낸 경동이다.

"대추리는 대한민국의 현주소입니다. 미국의 강요로 호락호락 대추리를 내주고 나면 끝일 줄 알지만 천만의 말씀입니다. 한반도 또 어딘가에서 이와 유사한 일이 되풀이되겠지요. 더더군다나 우리는 글쓰는 일을 천직으로 삼고 살아가는 작가 아니던가요? 마땅히 싸워야지요. 싸우되 반드시 짚고 넘어가야 할 원칙이 있는데 그건 바로 우리가 쓰는 작품도 그만큼 치열해야 한다는 겁니다. 작품성이 전제되지 않는 싸움은 자칫 공허해질 우려가 크거든요. 그건 우리가 이 싸움에 작가로서 뛰어들었기 때문입니다. 우리 모두 창작에 이전보다 치열히 정진했으면 합니다."

서 선배와 외향이와 재웅이도 저마다 각자의 의견을 내놓았다. 대화는 이후로도 한참을 이어졌고 나는 그들의 빈 잔에 술을 채우는 것으로 대견하고 미더운 마음을 대신했다. 그리고 부끄러웠다. 고작 시 한 편 썼다 뿐 대추리를 위해 힘을 실어준 일이 없기 때문이다. 세 차례 다녀왔다곤 하지만 정작 급박하고 위급한 상황에는 현장에 없었다. 2006년 5월 4일, 나는 비겁했다. 경동이와 재웅이가 부상으로 평택 모 병원에 각각 입원 치료 중이라는 속보를 접하고도 달려가지 않았다. 여리기만 한 외향이가 대추리 투쟁 현장과 병원을 오가며 발 동동 구르고 있을 때에도 나는 열심히 전화질만 해댔다.

"괜찮니? 몇 바늘이나 꿰맸는데? 다른 데 다치지는 않았고? 응. 그래 천만다행이다. 그런데 병원비는? 너도 다치지 않게 조심하고."

그들이 문단에서 만난 내 선후배가 아니라 가족이었대도 그리했었을까? 큰 부상이 아니라는 한마디 말로 그렇게 쉽게 마음 놓을 수 있었을까? 혹여, 목소리 듣는 것으로 내 스스로에게 면죄부를 주자는 속셈은 아니었을까? 만약 내 피붙이였다면 한달음에 달려갔겠지. 두 눈으로 상태를 직접 확인하고도 미심쩍어 의사를 붙잡고 이것저것 다짐받은 후에야 비로소 마음 놓여 했겠지.

황새울 연가戀歌와 연시戀詩를 기다리며

대추리에 가보셨는지. 살림집과 영농 창고의 벽면을 가득 메운 평화의 벽화와 벽시를 보셨는지. 평화와 자유의 깨알 같은 염원을 보셨는지. 외지인을 맞는 살가운 인심을 느끼셨는지. 동네

한 바퀴 느릿느릿 걷다가 삽시에 너울너울 타들어가는 노을과 불현듯 마주쳐보셨는지. 그 주홍빛에 살아온 날들을 가만가만 물들여보셨는지. 붉고도 붉게 울음 우는 들의 통곡을 들으셨는 지. 거기… 내 늙은 부모와 형제와 이웃을 만나보셨는지.

수많은 부상자를 낸 대추분교 철거사태는 대추리에 국한되지 않는다. 그것은 민족 간 비극이다. 우리끼리의 싸움이다. 소모전 이다. 당연한 일이지만 싸움을 사주한 미국은 끄떡없다. 코빼기 도 안 내비친다. 기지 철책이 지척임에도 불구하고 생존의 위협 을 전혀 느끼지 않는다. 우리 군의 엄호를 받고 있기 때문이다. 저들은 오늘도 여느 날과 다름없이 MP3를 목에 걸고 나이키 운 동화에 핫팬츠 차림으로 조깅을 즐겼을 것이다. 한국 병사가 구 워주는 LA 갈비에 캔맥주를 곁들인 만찬을 하며 본국의 애인에 게 전화를 걸어 그리움을 호소할 것이다. 하와이에서 보낼 휴가 계획이 차질 없이 진행되도록 비행기표를 예매할 것이다. 철책 밖에선 대한민국의 수많은 청년들이 들것에 실려 병원으로 호송 되며 사방이 비명으로 아우성인데, 반미 구호가 하늘을 찌르는데 그들은 아예 관심조차 없다.

경기도 평택시 팽성읍 대추리, 들녘을 통째로 호락호락 내줘 버리고 이 모든 일들을 추억하며 술잔이나 기울이게 될 날이 어쩌면 우리의 예상보다 훨씬 가까이 와 있는지 모른다. 흔적 없이 사라져버린 대추분교처럼 평화로운 마을 대추리도 어느 밤 감쪽같이 철거당할는지 모른다.

벼랑 끝에 선 자의 비장한 심정으로 지금 이 순간, 어느 거리에선가 슬픈 노래를 부르고 있을 대추리 출신 가수를 생각한다. 그의 고향 어르신들을 생각한다. 직파되지 못한 채 영농 창고에서 싹이 나고 썩어가는 볍씨를 생각한다. 서해 노을을 생각한다. 솔부엉이를 생각한다. 평화동산을 생각한다. 이곳을 다녀간 가수들의 비가와 시인들의 슬픈 격문을 생각한다.

내가 내게 묻는다.

국토의 사라진 서정을 기억하며 내 비겁함에 대해 때늦은 참회나 하고 말 것인가?

그대에게 묻는다.

다 빼앗기고 난 후 무심과 수수방관에 대해 두 주먹으로 가슴이나 내려칠 것인가?

〈프레시안〉

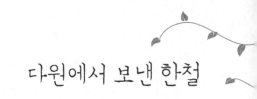

다원에서 보낸 한철

　혹시 가보셨는지요. 전남 보성에 위치한 '대한다업' 이라는 차밭 말입니다. 영화나 드라마에 가끔 등장하는 그 울울창창한 삼나무 숲길이 나오는 아름다운 농장이죠. 고개 하나 넘으면 율포 바다가 펼쳐져 있어 새벽엔 해풍과 안개가 사람 넋을 빼놓을 지경의 아름다운 곳인데 지금 제 마음은 온통 세작 채취가 한창일 차밭에 닿아 그곳 창 넓은 찻집 근처를 하릴없이 배회합니다. 장정 서넛이 들어가도 공간이 헐렁하게 남아돌 거대한 몸뚱이를 훌렁 뒤집고 물구나무 선 항아리 위로 속절없이 추락하고 있을 사월의 피폐한 흔적이 눈에 선하네요. 이 집안 대물림이었을 비대한 장독과 젖몸살 앓다 서둘러 절명한 백목련 꽃. 언젠가 보았던 익숙한 광경이 퍽 쓸쓸하게 그려지는군요. 살면서 이러저러한 상념들로 복잡하고 가라앉을 때면 모든 관계를 끊어내고 사철 푸르기만 한 이곳에 습관처럼 숨어들곤 하는데 올봄엔 여기 머무는 횟수가 부쩍 잦았으니 아무래도 이 봄이 제겐 무척 심란한 한철이었나 봅니다.

흔치 않은 봄장마가 사월 내내 이어졌고 거실 모니터에선 뿌연 포연 속에 갇혀 절규하는 이라크 아이들의 비명이 마치 테트리스 게임의 효과음처럼 지속되었습니다. 꽃은 피는데, 나무마다 부르튼 목피 사이로 젖니만 한 연둣빛 새순을 곰실곰실 허공으로 밀어내고 있는데, 봄이라는데, 난데없이 출현한 전쟁이 이 모든 것들을 욕심 사납게 통째로 꿀꺽 삼켜버린 것이죠.

사담 후세인 체포과 인명 살상용 대량 파괴 무기를 반드시 찾아내 이라크에 평화 정부를 수립하겠다고 호언장담한 부시는 이 둘 중 어느 하나도 이루지 못한 채 결국 43일간의 전쟁 종식을 선언하고 말았습니다. 이라크전에 미국 손을 들어준 나라와 끝까지 반전 입장을 고수했던 나라와의 국가 간 갈등의 폭이 깊어지는 것도 안타까운 일이지만, 여하튼 '다행히' 전쟁은 막을 내렸고 우리 상록수 부대원들은 파괴된 시설의 전후 복구와 의료팀에 투입되어 이라크에 캠프를 설치했다는 소식입니다.

제가 방금 '다행'이라 했던가요? 내 아우나 조카, 혹은 아들이 포연 가득한 이라크 전장에서 무고한 시민을 향해 총구를 들이밀고 방아쇠를 당겨 인명을 살상하는 끔찍한 일이 일어나지 않은 것만 생각하고 가슴 쓸어내린 모양이로군요. 남이야 어찌되든 우리는 무사하게 피할 수 있었으니 '다행'이라는 식의 편협하고 옹졸한 소갈머리에 대해 깊이 반성합니다. 저렇게 무수한 군인과 시민들이 봄꽃처럼 화르르 져버렸는데 '다행'이라니, 그러고도 감히 시를 쓴다니.

파병을 반대하는 외침이 광화문에서 산발적으로 일어나더니 급기야 여의도 국회의사당 앞까지 확산되던, 여중생 추모와 반미의 촛불이 거대한 반전 횃불로 불붙던 바로 그날, 저 또한 종묘공원의 반전시위에 가담하고 녹초가 되어 귀가하던 길이었습니다. 심야버스에 깊숙이 몸을 묻고 있는 나 자신을 향해 무심코 이런 물음을 던져보았지요. '넌 왜 이 전쟁을 반대하니?' 줄을 잇는 사상자와 복구 불가능한 문화재 파괴 그리고 세계평화와 안녕 따위가 떠올랐지만 그건 너무 추상적이고 무책임한 대답 같았습니다. 그렇다면 나로 하여금 전쟁을 그토록 혐오하고 반대하게 만드는 저항의 명분은 과연 무엇일까?

바스라 항港에 이어 바그다드 시내가 함락되어 성조기가 내걸렸다는 타이틀로 조간신문이 수다스러워지던 날, 학교에서 돌아온 큰아이가 습관적으로 TV 채널을 뉴스에 고정시키더군요. 거기 마침 전날 일간지에서 만난 적 있는 낯익은 소년이 화면에 누워 있었어요. 아, 저 녀석 알리. 열네 살, 의사가 되고 싶었다는.

가족과 함께 잠들었다가 미군 전투기의 무차별 미사일 폭격으로 부모와 두 팔을 영영 잃어버린 소년, 의료진을 향해 "내 팔을 돌려주세요"라고 사정하며 매달렸던 바로 그 아이의 겁에 질린 눈과 내 시선이 교차하는 순간 숨이 한동안 탁! 멎고 말았습니다. 그래요, 늘 그래왔던 것처럼 해답은 멀리 있지 않더군요. 한 소년이 꿈꿔오던 미래의 희망을 한마디 예고 없이 포악하게 빼앗는 것. 그것이 바로 전쟁 아닐까요?

시위 마치고 갈비탕 국물에 소주잔 비우며 그 어떤 '나쁜 평화'라도 가장 '좋은 전쟁'보다 항상 옳았노라며 물수건으로 주름진 눈가의 물기를 황급히 찍어내던 시인이 떠오르네요.

학교와 집을 오가며 입시 지옥에 눈자위 꺼져가는 내 아이도, 화면 속에서 하염없이 나를 붙잡고 놓아주지 않는 전생에 내 피붙이였을지도 모를 저 소년 알리도, 꽃그늘 아래 기어들어 철없이 웃고 까부는 사월의 천진한 연인들도 결국 저 전쟁이라는 무시무시한 괴물의 공격으로부터 예외일 수 없다는 생각으로 사월 내내 나는 마음고생이 심했나 봅니다.

저기 봄이 오고 있는데, 꽃이 피고 있는데, 햇살은 풀 먹인 옥양목처럼 빳빳해져 다사로운데 정작 나는 가혹하게 내 안의 꽃들을, 태양을, 웃음을, 계절을 지우며 살았다니. 다원 입구 삼나무 숲길을 아직 서성이고 있을 내 안의 나를 이제 그만 불러내 혹독한 전쟁의 후유증을 해독시킬 잘 우러난 우전 한 잔 건넬 작정입니다. 전쟁이 끝났으니까요.

벌써 여름이잖아요.

진보생활문예지 격월간 『삶이 보이는 창』

대추리에 가면 욕쟁이가 된다

　천주교 외방선교회 소속 김종근 신부님의 차를 얻어 타고 대추리에 갔다. 대추리에 방문할 일 있으면 묻어갈 수 있도록 연락 주십사 부탁드렸더니 기억하고 계셨다가 잊지 않고 챙겨주신 것이다. 신부님과 그 일행들은 미사가 목적이지만 나는 목적이 없다. 여느 때처럼 '그냥'이다. 무엇에 홀린 듯 그냥 가는 것이다. 오래 찾지 않으면 어쩐지 미안해서다. 짠하고 눈에 밟혀서다. 차가 팽성대교를 건너자마자 마을 초입에 1개 분대쯤 되어 보이는 병력과 바리게이트가 눈에 들어온다. 방문 목적과 함께 신분증 제시를 요구한다. 거기서 곧이곧대로 대답했다간 대추리에 한 발짝도 내딛지 못한 채 왔던 길 되짚어 되돌아가야 하는 사태가 빚어질 것이다. 수차례의 방문으로 나름의 노하우를 터득한 신부님 일행은 친척집 방문이라고 다부지게 말씀하신다. 그 말에 호락호락할 초병들이 아니다. 친척 이름을 대란다. "조선례!" 성가시다는 듯 가급적 짧게 대꾸하신다.

첫 관문은 그렇게 통과했다. 그러나 그게 전부가 아니다. 마을 어귀에서 또 한 차례의 검문에 응해야만 한다. 좀 전에 받았는데 뭔 놈의 검문을 또 하느냐며 눈 부릅뜨고 거칠게 나왔다가는 십중팔구 출입을 저지당한다. 이유가 뭐냐 물으면 한결 같은 대답이 돌아온다.

"상부의 지시라서 저희도 어쩔 수 없습니다. 죄송합니다."

미사 집전을 위한 공식 방문 차량이지만 예외란 있을 수 없다. 마을 주민을 선동하려는 운동권 성직자쯤으로 치부해버리기 때문이다. 인품 고매하고 사람 좋기로 평판이 자자한 신부님도 더는 못 참겠는지 버럭 고함을 지르고 마신다.

"야 이 개새끼들아. 대한민국 국민이 자기네 땅을 출입하겠다는데 니들이 무슨 자격으로 참견이야. 사사건건 웬 지랄이냐고. 국민을 괴롭히고 통제하는 게 너희 군인들의 의무냐? 망할……"

공권력을 앞세워 민간인 마을의 출입을 통제하는 일은 명백한

통행권 침해다. 그런데 외지인은 물론이거니와 마을 주민에까지 검문을 요구하고 나선다. 말도 안 된다. 이런 말도 안 되는 일이 공공연하게 자행되고 있는 곳이 바로 경기도 평택시 팽성읍 대추리다.

미사를 마칠 즈음 마을회관 앞 술렁임이 감지된다. 무슨 일이 터진 게 분명하다. 아니나 다를까 외부 차량으로 짐작되는 승용차 석 대가 마을 주민들의 소유인 트럭, 트랙터, 승합차 등에 겹겹으로 갇혀 마을을 빠져나가지 못하고 있다. 마을의 동태를 살피러 슬그머니 왔다가 주민들에게 발각된 것이다. 이 소식은 작은 마을에 삽시간에 퍼져 순식간에 몰려든 주민들과 군경이 대치하는 험악한 사태로까지 이어졌다. 전후 사정을 알 리 없는 나로선 대체 무엇이 순박한 주민들을 저토록 화나게 만들었는지 알 수 없어 묻는다.

"무슨 일이에요?"

"아무것도 아녀. 저 새끼들한테 사과 받으려는 거여."

"저 사람들이 누군데요?"

"국무총리 산하에 있는 대책위 직원이래."

"그런데 저들이 왜 사과를 해야 하는데요?"

"아이고 답답허긴. 몰라서 그러는 겨. 엊그제 마을 밖으로 나갔다가 돌아오는데 안 들여보내는 바람에 길거리서 밤을 홀딱 세웠거든. 그날 고생한 일을 생각하면 지금도 분이 안 풀려. 때려죽여도 속이 안 풀린다니께."

"세상에나, 그런 일이 있었어요? 그런데 왜 그런 사실이 밖으론 알려지지 않았죠?"

"하이고. 시인 선상은 시만 썼지 세상 물정 알라면 아적 멀었구만. 그놈들이 어떤 놈들인디 밖으로 알리겄어. 알려질까 쉬쉬했을 턴디. 억울하고 답답한 건 우린 겨. 대추리에서는 군복 입은 놈들이나 공무원 놈들은 다들 미국 편이거든. 내 집 출입도 통제한 놈들이 감히 여기가 어디라고 백주대낮에 들어와 들어오길. 쌍노무 새끼들 같으니라구. 아이고, 사지가 벌벌 떨려서 말도 안 나와."

"도대체 언제까지 저렇게 잡아두실 건데요? 누구 하나 다치기라도 하면 우리 쪽이 불리해질 텐데."

"걱정 마. 우리도 다 생각이 있는게. 우리가 당한 딱 그만큼만 잡아놀 겨. 그게 싫으면 제 발로 걸어 나와서 무릎 꿇고 사과하든가. 저것 봐. 꼼짝도 않고 앉아 있잖여. 쌍노무 새끼들 같으니라구. 욕을 안 할래야 안 할 수가 없게 만들어 저놈들이."

"저 사람들이 무슨 죄가 있겠어요. 무능한 정부가 문제지."

"우리도 알어. 하지만 그놈이 그놈인 겨. 차 안에 있는 저놈이 국방부장관이고 국무총리이고 대통령이여. 우리 땅 내놓으라는 주장도 미국을 향해서는 찍소리도 못하고 빌빌거리는 병신이여. 이 땅 사들여 지역 경제를 위해 공장을 짓는다면 또 몰라. 그래도 내놓을까 말깐데 미군놈들에게 바치겠다잖여. 그런디 우리가 어떻게 순순히 물러나. 자존심도 뭣도 없는 놈여, 저 놈들은. 못배운 우리 똥구녕만도 못한 놈들이란 말여. 나라 팔아먹는 순 양아치들이란 말여."

"그래도 이러다 병나면 할머니만 손해니까 고정하시고 살살하세요."

"두고 보면 알겠지만 내가 여기서 죽었으면 죽었지, 절대 고분고분 쫓겨나진 않을 겨."

사건의 발단은 이러했다. K-6 캠프험프리 미군기지 확장반대 평화대행진 마지막 날, 평택역 촛불집회에 참석하고 귀가하던 승합차가 팽성대교 검문소에서 출입을 통제당하는 일이 발생했다. 차에 타고 있던 대추리와 도두리 어르신들은 새벽 찬바람을 모면할 모포 한 장, 허기를 면할 빵 한 조각은커녕 생수 한 모금

없이 길거리에서 꼬박 밤을 지새웠다. 항의와 허기와 분노와 두려움으로 하룻밤 노숙을 해야만 했던 어처구니없고 억울하기 짝이 없는 일은 중앙을 포함한 지역 일간지 어디에도 기사 한 줄 보도되지 않았고 국방부의 공식적인 사과 한마디 없었다. 미치고 환장할 노릇이다. 그제서야 주민들의 폭발이 이해되었다. 욕먹어도 싸다 싶었다.

만일의 사태에 대비해 출동한 전투경찰 병력과 주민들의 팽팽한 대치는 두어 시간 만에 막을 내렸다. 주민들이 암묵적인 합의하에 길을 터준 것이다. 예술마을 조성을 위해 몇 달째 대추리에 기거하면서 작품 활동을 하고 있는 미술인들과 방학을 맞아 대추리를 방문한 학생들, 그리고 시민단체 소속 젊은이들이 차량 꽁무니에 대고 손가락질을 해대며 험한 욕설을 퍼붓기 시작했다. 마을길이 순식간에 욕지거리로 넘쳐났다. 그러고 보니 내가 만나본 대추리 주민들은 어느 누구 하나 빠지지 않고 욕을 잘한다. 그것도 그냥 잘하는 게 아니라 탁월하게 잘한다. 한데 참으로 이상한 건 그들이 내뱉는 욕설이 심하면 심할수록 불쾌하기는커녕 쓸쓸해지고 만다는 것이다. 몰상식하다거나 무식하다는 생각이 들기는커녕 슬퍼지고 만다는 것이다. 평생 농사를 천직으로 삼고 살아온 순박한 농부들이 오죽했으면 저럴까 싶으니

나도 덩달아 욕 몇 마디 보태야 될 것 같은 생각이 불쑥불쑥 든다는 것이다. 아니, 좀 더 솔직해지자면 글줄이나 쓰네 하고 끝까지 이성적인 말투를 고수하며 교양 있는 척, 고상한 척 구는 나 자신의 이중성에 넌덜머리가 나는 것이다.

대추리를 오가면서 나는 욕설에 대해 퍽이나 관대해졌다. 그 속뜻에는 내 땅을 반드시 지켜내고야 말겠다는 주민들의 의지가 담겨 있기 때문이다. 절규와 통곡과 하소연과 항의가 내포되어 있기 때문이며, 막장으로 내몰린 자들의 눈물겨운 저항이 배어 있기 때문이다.

하지만 대추리가 눈에 밟혀 이따금 오갔을 뿐 지금껏 내가 대추리를 위해 한 일이라곤 눈곱만큼도 없다. 하기야 이런 말을 하면 내 주위 사람들은 이렇게 말할지도 모르겠다. 당신이 한 일이 왜 없느냐고. 하여, 정리해본다. 그래, 알량한 시 한 편, 썼다. 산문 한 꼭지, 썼다. 요청에 의한 시낭송 두어 차례, 다녀왔다. 집회에 몇 번 참석, 했다. 문정현 신부님의 청와대 앞 단식농성장에 시간 날 때마다, 들렀다. 수차례 대추리를 방문, 했다. 그런데 그게 뭐 어쨌다고? 중요한 건 이러한 일련의 일을 대추리를 위해 한 일이라고 자신 있게 말하진 못하겠다는 거다. 목숨을 담보로

피 터지게 싸우는 사람들에 비하면 정말이지 내세울 만한 일이 아님을 너무나 잘 알고 있으므로. 글쟁이로서의 최소한의 양심과 최소한의 염치가 빚은 부끄러운 산물이므로. 누구보다도 나 자신을 위한 일이었으므로.

지금껏 나는 표독스런 욕설 한마디 정부를 향해 뱉지 못했다. 내 안의 온건주의로 미루어볼 때 앞으로도 내내 그러할 것이다. 허나 대추리와 미국의 한판 전쟁이 종식되는 날까지 눈에 밟히는 대추리행은 계속될 것이다. 올봄, 대추리 마을회관에서 황새울 들녘으로 향하는 민가 맨 끝집에 유성페인트로 꾹꾹 눌러썼던 벽시를 떠올린다. 어쩌면 욕설보다 더 독살스럽거나 그에 버금가는, 슬픈 격문을.

종합문예지 계간 『내일을 여는 작가』

시인의 이름으로 모든 전쟁을 반대한다

상식을 뒤엎는

기억장치에 잔존하는 상처를 응시하는 일이란 현존하는 상처의 실체를 들여다보는 것보다 그 고통의 강도가 훨씬 깊고 아프다. 오랜 세월이 흐른 후에도 희석되거나 지워지지 않고 끈질기게 생의 주변부를 서성이는 상처란 그리하여 어떤 부상보다도 끔찍하다. 하물며 그것이 전쟁으로 말미암은 환부라면 어떻겠는가. 일상의 모든 상식을 거부한 비상식적 살상의 의미가 함축적으로 수반되는 전쟁, 살아남기 위해 내 또래의 누군가에게 총구를 겨눠야 하고, 단란한 가족사진을 가슴에 품고 있을 생면부지의 심장을 향해 방아쇠를 당겨야만 하는 것이 냉혹한 전쟁의 실상인 것이다.

일상을 염탐하는

전쟁은 나이 수만큼의 장미 꽃다발과 커플링을 여자친구에게 선물하기 위해 햄버거 가게에서 아르바이트를 하는 청년의 건실한 일상을 수시로 염탐한다. 외아들의 입대 영장을 받아든 어머니의 고요한 눈에 무차별 폭격으로 폐허가 된 팔루자 거리를 동영상으로 실시간 전달해 공포에 떨게 하고, 피난길에 오른 이라크 아이들의 생목숨을 모래 더미에서 서서히 거둬들인다.

전쟁놀음과 꼭두각시

자, 이쯤에서 나는 미국의 독립 100주년을 기념해 프랑스와 아프리카 연맹이 기금을 모금해 선물했다는 자유의 여신상을 떠올리지 않을 수 없다. 뉴욕 항의 리버티 섬에 세워진 거대한 동상의 오른손에는 횃불이, 왼손에는 독립선언서가 들려 있다. 이 조각물이 원래 '자유를 세계에 비친다Liberty Enlightening the World'로 불렸다는 사실을 아는 나로서는 명분 없는 전쟁으로 얼룩지고 타락해버린 그네들만의 '자유'라는 슬로건에 대해 실소하며 도도하기 짝이 없는 횃불과 독립선언서 대신 핵탄두와 인명

살생부를 들려줌이 마땅하지 않은가 하고, 감히 상상해본다.

미국의 신제국주의 전쟁놀음에 우리 정부는 파병을 강행했다. 자국민을 변호하고 보호할 힘을 이미 상실한 듯 미국의 비위 맞추기에만 급급해 있다. 파병을 반대하고 평화를 지향하는 시민 다수의 함성에는 아예 귀를 틀어막고 우리와 한 번도 적대 관계인 적 없던 열사의 땅 이라크에 젊고 강건한 청년들을 송출하는 일에 혈안이 되어 있다. 무서운 일이다. 파병만이 능사가 아니지 않느냐며 국회 앞으로, 광화문광장으로 연일 시민들이 쏟아져 나오고 시위가 줄을 잇지만 이미 미국의 꼭두각시를 자처한 정치권은 눈 하나 끔뻑하지 않는다. 불과 반세기 전, 한반도의 허리를 두 동강낸 전쟁의 악몽을 그들은 그새 잊고 싶은 것일까?

이라크전이 발발하기 전까지 우리는 전쟁에 대해 막연히 심각해했고 막연히 불안해했다. 우리가 입게 될 직접적인 피해나 손실이 없었던 까닭에 어떤 식으로든 개입되고 싶어하지 않았다. 우리의 일상은 어제와 같이 평안하고, 내 집 지붕과 기둥은 여전히 건재했으며, 내 아들이 전쟁터에 차출될 일 따위는 전무했으니 전쟁은 그야말로 추상적이고도 아득한 딴 나라 이야기에 지나지 않았었는지 모른다. 미국이 이라크를 침공해 무차별 공격을 가하거나 말거나 외신으로 전해지는 9시 뉴스나 조간신문을 훑어내려 가며 혹자는 우리의 오래된 우방인 미국에 격려의 박수를 보냈을 테고, 혹자는 죽음의 행렬이 이어지는 이라크인의 지중해 빛 슬픈 눈망울을 떠올리며 중동 땅의 석유에 넋이 빠진 부시를 신랄히 조롱했을 테고, 또 혹자는 중동전쟁이 불러올 오일쇼크를 우려하고 있었을지도 모르겠다.

　적어도 그들이 우리에게서 건장한 총알받이를 요구하기 전까지. 그들의 죄를 대속할 인간 과녁을 우리 정부에 강요하기 전까지.

죽음의 서곡이 울리고

　두 해 전, 친구의 생일잔치에 가던 여중생 두 명이 주한미군의 장갑차에 깔려 즉사했다. 늘 그래왔듯이 미국은 공식 사과를 표명하지 않은 채 사건을 축소, 무마하려 들었고 이것은 수면 위로 드러나지 않고 있던 우리의 반미 감정을 고압전류로 자극하는 결과를 초래했다. 그즈음, 미국은 9·11 테러의 배후 세력인 사담 후세인 축출과 세계 평화 유지를 위한 인명살상 무기 보유국이라는 올가미를 씌워 이라크를 침공했다. 그러나 세계 2위의 석유 산유국인 이라크의 유전 개발권을 거머쥐겠다는 뻔한 흑심과 이슬람 최대 국가인 이라크를 함락시키면 모든 주변 이슬람 국가들을 미국의 통제하에 거저 넣을 수 있다는 꿍꿍이를 모르는 이는 아무도 없었다. 과거 로마나 몽골이 그러했듯 미국 또한 신제국주의를 꿈꾸었던 것일까?

약소국인 이라크를 침공한 미국이 정당한 수순을 밟듯 우리 정부에 지원군을 요청해왔다. 각 시민단체와 대다수의 시민들은 이 땅의 아들을 전쟁의 희생양으로 내놓을 수 없다며 파병을 결사 반대하고 나섰다. 시위가 이어졌고 촛불은 연일 광장을 지키는 뜨거운 눈물이 되었다. 국익의 명분을 내세운 노무현 정부가 파병 논리를 철회하지 않는 동안 진보진영과 보수진영은 서로에게 상처를 가하는 극단적인 양분화 현상을 연출했으며 우리가 우리의 이웃을 불신하며 편 가르기에 열중하는 동안 선교사를 꿈꾸던 가난하고 선량한 젊은이는 한국의 파병 철회를 협상 조건으로 내건 이라크 저항집단에 의해 납치, 살해당했다. 24시간의 협상 시한 동안 우리 정부가 한 일이라고는 고작 불난 집에 부채질하듯 파병 강행을 재삼 확인시킨 것뿐인데 이러한 모습은 인질의 구출이나 인간의 생명에 과연 저들이 관심을 갖고 있기나 한 것인지 의심하지 않을 수 없는 처사였다. 그리하여 그들은 생전에 늘 약자의 편에 서오던 한 젊은이의 선량한 눈매를 이승의 모든 친숙한 관계들로부터 간단히 지워내고 말았다.

슬픈, 시인의 이름으로

유월의 휴가를 고국에서 보내기 위해 값싼 항공편을 수소문하던 그의 전자우편 기록들은 친구들에 의해 국내에 공개되었다. 가난하지만 평범하게 살아온 그는 열사의 땅, 포성마저 익숙해져버린 격전지에서 전쟁 난민의 구호용 담요를 포장하고 인력을 관리하면서 피할 수 없이 엿보게 된 미국의 실체에 대해 "나는 미국인, 특히 부시와 럼즈펠드, 미군의 만행을 결코 잊지 못할 것 같다. 소름끼치는 미군의 만행을 담은 사진도 가지고 갈 것"이라며 "미국인에 대한 인상은 좋은 편이었는데, 여기 와서 다 허물어졌다"고 고백했다.

그의 예고된 죽음을 지켜보면서 그가 만약 우리의 아우이거나 아들이었더라도 그렇게 속수무책 정부의 협상만을 믿고 기다렸겠느냐고 수없이 반문해보았다. 물론 아니다. 어디로든 나섰을 것이다. 이 땅에서 자식을 낳아 길러야 하는 가엾은 어머니의 이름으로 자식의 생사를 위해 미친 듯 사방팔방 뛰어다녔을 것이다. 정부는 그리 신뢰할 만한 대상이 아님을 알고 있으므로. 그러나 우리는, 끝내 어떤 행동도 취하지 않았다. 이러함에도 불구하고 우리가 이 시대를 살아가는 마지막 양심의 보루인 시인이라고 세상을 향해 당당히 외칠 수 있단 말인가. 우주 만물을 어머니의 품으로 아우르는 시인이라고 말할 수 있겠는가.

육필로 쓰는 참회록

그칠 줄 모르는 정치적 음모와 일상의 평화를 저해하는 전쟁
의 극악한 횡포에 더는 어떤 희망도 조망하지 못한 채 무력해져
버린 작가들의 슬픈 눈망울을 보았다.

"더 이상 광장의 촛불은 무의미하다고, 죽음을 팔아 시를 쓰는
일처럼 잔인한 일이 또 어디 있겠느냐고, 그러느니 차라리 망자
앞에 무릎 꿇고 철저히 참회해야 한다고, 한 번쯤은 함묵해야 옳
지 않겠느냐"고 오랜 세월 운동권에 몸담고 살아온 선배 시인은
절규했다. 맞다. 맞는 말이다. 그러나 나는 비교적 또박또박 이
렇게 대꾸했다. "우리가 시인 맞나요? 적어도 우리가 시인이라
면 죽음을 막아서지 못한 공동의 살인에 대해 시로써 참회해야
하지 않나요?"라고. 전파가 감지되지 않는 걸로 미루어 두 사람
중 누군가의 배터리가 이미 방전된 후였고 내 울먹임은 그 새벽,
샛별들에게나 전해졌을 터이다.

그런가 하면 "광장의 촛불이 꺼지게 방치해서는 안 된다고, 시
인은 시를 쓰고, 환쟁이는 만장에 붓질을 하고, 소리꾼은 곡을
해야 한다고, 그것이 자신의 비겁함에 대해 철저히 참회하고 속

죄를 구하는 길이라고, 그렇게라도 잔인하게 자신을 확인시켜야 한다"고 말하는 시인들도 있다. 맞다. 그 또한 맞는 말이다. 생각은 저마다 다르지만 전쟁을 반대하는 의지만은 서로 맞닿아 있음을 우리는 안다.

장미를 훔치다

지난 6월 말, 비극의 땅 이라크와 팔레스타인에서 두 명의 작가가 모 문인단체의 초청으로 방한했다. 그들의 인터뷰 및 반전 활동과 작품 세계는 사전에 전화 통화와 전자우편 형식을 빌려 이루어졌는데 그중 팔레스타인 출신 자카리아 모하메드는 우리 측에서 보낸 공동 설문에 대문장가의 면모를 유감없이 보여줬다. 그것은 매우 진솔하면서도 감동적이었으며 그가 써보낸 답변 가운데 문장 한 줄이 유독 질기게 나를 사로잡고 놓아주지 않았다. "나는 태어나 지금껏 거리에서 탱크를 보지 않은 날이 없다. 나는 더 이상 탱크와 전쟁을 시로 쓰고 싶지 않다. 나는 장미와 개미와 토마토 색깔에 대해 시를 쓴다. 우리 거리는 탱크로 가득 차 있지만 우리가 쓰는 시는 그런 것들하고 상관없다. 이게 승리일까? 아마도 그럴지 모른다. 하지만 아직 그건 부정적인 승리이다. 우리는 여전히 패배자의 캠프에 있다"고 말했다. 나는 그의 인터뷰 기사에서 허락없이 '장미'를 훔쳐와 반전 추모시의 모티브로 삼았다. 그로부터 사흘 뒤 아랍의 두 손님은 인천공항에 무사히 입국했다. 어색한 인사가 오간 후 "당신의 장미를 이 사람이 훔쳤다"는 인솔자의 말을 전해 들은 자카리아는 이국에서의 팽팽한 긴장감을 순식간에 허물어뜨리더니 몹시 유쾌해했다. 슬픈 장미는 그렇게 내게로 왔다.

죽음이 광장의 시가 되어
장대 끝 만장으로 흐느낀 지 오래다

선교사역을 꿈꾸던 그대가
전쟁난민의 구호용 담요를 포장하는 동안
굶주린 팔루자 거리의 개들은
시체더미를 헤집으며 허기를 채웠고
그대가 고국에서 보낼 유월의 휴가를 위해
값싼 항공편을 수소문하며
달력에 잦은 눈길을 보내는 동안
고백하거니와 그대를 낳은 그대의 조국은
열사의 땅으로 송출할

젊고 싱싱한 제물색출에만 독이 올라 있었다

그대 조국이
어떤 불온한 음모도 품은 적 없는
순결한 청춘을 번제물로 상납하기 위해
포악하고 추악한 전쟁광에게 영혼을 매춘하는 동안
겁에 질린 외마디만 남긴 채 그대는 갔다

살려달라, 제발!

그리고 기다렸다는 듯
그대의 살가운 전자우편이 부고장처럼 날아들었다
주인 잃은 유월의 오렌지빛 슬픈 휴가와 함께

그대의 죽음을 팔아 모국어로 쓰여질
모든 시어들 앞에 헌화하며
더 이상 탱크와 전쟁을 시로 쓰고 싶지 않다던
팔레스타인 시인
자카리아 모하메드의 고백을 훔친다

나는 장미를 노래하고 싶다

–손세실리아 시 「장미를 노래하고 싶다」 전문

시가 쏟아지던 광화문 네거리의 밤

젊은 작가 몇이서 뜻을 모았다. 반전 평화에 대한 의지를 시로
담아 거리로 나서면 어떻겠느냐는 의견이 나왔고 자신이 분담할
수 있는 몫에 대해 흔쾌히 거들고 나섰다. 누군가는 기획을 맡았
고, 또 누군가는 언론사에 넘길 보도자료를 작성하겠다고 나섰
다. 또 어떤 이는 노래패 섭외와 무대 설치를 하겠다고 나섰고,
또 어떤 이는 기존에 발표된 반전시와 각 지역의 시인들에게 청
탁한 반전 평화 신작시를 취합해 실크프린트 형식으로 제작하는
일을 맡았다. 광화문 네거리 가로수 주변에 만장처럼 작품을 내
걸면서도 사실 우리는 그다지 큰 기대를 품지 않았다. 서울 도심
한복판에서 숨가쁘게 오가는 행인들의 발걸음을 잠시 잠깐이라
도 묶어둘 자신이 없었던 것이다. 다만, 그나마 손놓고 망연자실
지내기가 부끄러워 거리로 나섰을 뿐이다. 한데, 기우였다. 어떤
이는 시그림 앞에서 명상에 잠겼고, 또 어떤 이는 시그림을 오가
며 눈물을 비치기도 했다. 어떤 이는 사무실에 전화를 걸어 어서

나와보라며 즉석에서 동료들을 불러냈고, 또 어떤 이는 수첩을 꺼내 들더니 깨알 같은 글씨로 시를 옮겨 적기도 했다. 늦은 시간, 참석자 모두는 서거나 보도블럭에 철퍼덕 눌러앉아 반전 평화 시낭송을 경청하며 마음을 열었다. 시의 놀라운 힘이 유감없이 발휘된 감격적인 광화문 네거리의 밤은 그렇게 아쉬운 듯 서서히 저물어갔다. 그야말로 뜨겁게.

잊을 수 없는 한마디의 말

시인 중에는 과거 운동권 출신들이 상당수다. 목숨 건 투쟁과 결기 있는 필력으로 유신 철폐를 부르짖고 군부독재에 항거하며 모질게 살아남은 자들이다. 지금 우리가 누리는 민주화의 초석을 위해 그들이 보여준 저돌적이면서도 올곧은 저항정신은 도저히 값으로 환산할 수 없는 고귀한 역사적 자산임을 누구도 부인하지 못한다. 그러나 문민정부가 들어선 후 그들 중 일부는 "목숨 내걸고 대항해야 할 모순된 제도나 이념이 다 사라지고 말았다. 그러니 근로자는 작업 현장으로 복귀하고 시인은 골방에 틀어박혀 시작에 몰두하라"고 권고한다. 구호와 격문성 행사시로 시가 흐트러지고 강팍해지는 것을 경계하라는 선배 시인들의 염려를 모르는 바 아니나 지금 우리가 그다지 정의롭지 않은 현실을 애써 외면하고 있지는 않은지, 미 제국주의의 극악한 전쟁놀음에 침묵으로 묵인하고 있지는 않은지, 혹은 냉소적이지는 않은지 다시 한 번 생각해볼 일이다.

최근 부산작가회의에서 주관한 심포지움에 참석했다가 문단의 중견 시인인 최영철 선생을 만났다. 그의 표정은 예의 부드러웠고 입은 과묵했으며 눈빛은 깊었다. 그는 최근 이어지고 있는 고 김선일 씨 추모와 파병에 대한 우려, 그리고 전쟁을 반대하고 평화를 지향하는 일부 젊은 시인들의 움직임에 대한 자신의 소견을 나지막한 음성으로 들려주었는데 그 한 마디가 내게는 굉장한 위안이 되었다.

"혼란스러울 때도 있을 거예요. 이런 시를 꼭 써야 되나 싶은 갈등도 많을 거예요. 하지만 어쩌겠어요. 이것이 시인의 소임인 걸."

시 전문지 계간 『시작』

제5부 화살기도

뒷담화

사랑하는 딸 율쌤에게

요 며칠 침울하던 네가 드디어 말문을 터 엄만 속마음을 털어
놓을 정도로 가까운 친구가 몇이나 되느냐고 물었지. 한 명이라
고 대답하자, 대뜸 고창에 사는 연숙이 아줌마죠? 했었잖니. 그
렇다며 고개를 끄덕이자, 저는요 하며 친구 이름을 댔지. 순간
가슴이 철렁했단다. 당연히 들어 있어야 할 이름이 빠져 있었거
든. 단짝인 네 친구 이름을 대며 물으니, 걔 아녜요, 라고 딱 잘
라 말하는 걸 보고 다퉜구나 직감했단다. 사연인즉,
  학원 수업시간에 조금 늦게 도착해 뒷문으로 들어가 조용히

앉았는데 앞자리에 앉았던 그 아이가 다른 친구를 붙들고 네가 들어온 줄도 모르고 험담에 열을 올리고 있더라고, 잘못 들었겠지 싶어 귀를 쫑긋 세웠는데 틀림없더라고, 그날 수업은 귀에 하나도 들어오지도 않더라고, 속내를 털어놓는 낯빛이 아직 누르락붉으락했지. 곧 생일이니까 선물 주고 끝낼 거라고 단호하게 말하던 널 보며 엄마는 네가 받았을 마음의 상처가 헤아려져 아무 말도 못하고 말았단다. 네 아픔이 내게로 전이돼 몹시도 쓰리고 아렸거든. 그 며칠 후,

초록색 공단 리본으로 선물 포장을 막 마친 네게 넌지시 말을 건넸지. 엄마 생각엔 말이지…… 그 아이의 사과를 받아들이고 한 번 더 생각할 시간을 가지면 안 될까? 라는 말과 함께 연숙이 아줌마랑 엄마도 여고시절 몇 번의 고비를 넘기면서 오늘에 이른 거라는 말을 들려줬었지. 그 순간, 네 눈시울이 글썽이더구나. 친구를 잃을지도 모른다는 상실감에 괴로웠을 네 여린 심성을 엄마인 내가 왜 모르겠니. 엄마도 그 몹쓸 뒷공론에 휘말려 마음고생 겪을 때가 더러 있으니 더욱.

엄마의 조언 때문만은 아니겠지만 절교 선언을 철회해준 딸아 고맙다. 이번 일을 계기로 우리 모녀만이라도 타인을 혀에 올려 내뱉는 말에 이전보다 한층 더 신중해지자꾸나. 특히, 가시 돋친

말, 독 묻은 말, 비아냥거림, 악담, 비방, 욕설은 아예 말의 싹을 싹둑 자르도록 하자. 타인의 등 뒤에서 나불대는 떳떳치 못한 말은 사악한 악마의 혓바닥이 부리는 농간임을 명심하자.

그런데 딸아. 이참에 우리도 그 뒷담화라는 것 좀 해보면 어떨까? 누군가를 두고 한 내 말이 돌고 돌아 본인 귀에 들어가도 기분 나쁘지 않을, 그로 하여금 상서로운 기운이 되는, 껄껄 웃음이 되는, 기분 으쓱해지는, 애기별꽃 같은, 저녁놀 같은…… 그런… 착한 뒷담화!

〈국민일보〉

막장 인생

죽을힘을 다해 노력해도 일의 실마리가 풀리지 않을 때, 벼랑 끝에 선 기분일 때, 더는 버틸 여력이 남아 있지 않을 때…… 흔히 '막장'이라는 표현을 쓰곤 한다. 절박한 상황에 처해보지 않은 사람일지라도 이 말 앞에서는 무조건 엄숙해지고 침통해지고 마는 게 인지상정이다. 막장은 석탄광산의 가장 안쪽에 있는 광산의 끝부분을 말하는데 갱도가 제대로 만들어지지 않은 상태에서 구멍을 파 들어가면서 갱도를 받치고 작업하는 것을 의미한다. 붕괴 사고가 빈번하지만 높은 수당 때문에 목숨 내거는 일도 마다하지 않던 광부들의 신산한 삶이 막장 인생의 실체인 것이다. 문학적 감상주의가 비집고 들어설 한 치의 틈도 없는 생과

사의 엄정한 현장인 것이다.

광부 출신 시인 성희직, 그와의 만남은 시낭송을 부탁받고 참석한 어느 행사의 뒤풀이에서였다. 생뚱맞게도 광부복 차림으로 행사에 참석한 그는 권하는 술잔도 마다한 채 모월 모일에 진폐 재해자 상경집회를 가질 예정이니 많은 관심 부탁한다는 말만 남기고 자리를 떴다. 그로부터 이틀 뒤 나는 광화문 집회 현장을 찾았다. 새겨듣진 않았으나 한 사내의 절박한 호소가 어느새 귓전에 또박또박 각인되어 있었던 모양이다. 쿨럭쿨럭 기침 소리, 휠체어, 조막손 등 살아온 날의 이력이 예사롭지 않은 이들을 먼발치에서 묵묵히 지켜보았다.

갱도에서는 될수록 숨을 적게 쉬어야 오래 살 수 있고, 하루 막장에 들어가지 않고 쉬는 게 쇠고기 몇 근을 먹는 것보다 낫다는 통설이 광부들 사이에 전해질 만큼 열악한 작업환경에서 병을 얻은 진폐환자는 대략 3만 명으로 추산된다. 그중 요양 승인을 받은 입원환자는 고작 3000여 명에 지나지 않는다니 참으로 난감한 노릇이다. 늙고 병든 퇴역 광부들이 한때 밥이며 청춘이며 산업전사로서의 자긍심이던 연탄을 국내외 명품면세쇼핑몰인 동아면세점 앞 보도블록에 패대기치며, 장년의 몸뚱이만 한 갱목 두어 개를 등에 지고 배밀이로 입갱의식을 재현하는 광부

시인의 뒤를 따르고 있었다.

　무엇을 어찌해보겠다고 그리로 향한 건 아니었음에도 불구하고 지금 나는 그날의 숙연한 광경을 연탄재만도 못한 문장으로 기록하고 있다. 광산의 막장에서 청춘을 보낸 저들의 얼마 남지 않은 생이 인생 막장으로 마감 지어져선 안 될 일이겠기에. 누구에게든 알려야겠기에.

〈국민일보〉

아빠의 블로그

"아버지께서 금요일 저녁 천국으로 떠나셨습니다. 아버지
께서는 여러 이웃들에게 연락과 안부를 전하지 못해 굉장히
안타까워하셨습니다. 마음으로나마 명복을 빌어주세요."

위 글은 지난해 지병으로 작고한 동화작가 홍성중 님의 외동
딸 유진이가 아빠가 독자들과의 소통을 위해 운영해오던 블로그
에 남긴 부음이다.

첫 글 이후, 이따금씩 짤막한 글을 올리곤 하는데 또래답지 않
게 사유가 깊다. 납골당에 모셔놓을 사진을 고르다가 오빠와 아
빠가 함께 찍은 사진에 비해 자신과 찍은 사진은 왜 이렇게 적은

거냐며 투정을 부리기도 하고, 아빠가 자원봉사 하던 무료급식소 어른들께 인사 다녀온 일, 메모광이던 아빠를 위해 수첩을 사들고 가족 몰래 다녀온 일, 고등학교에 입학하던 날 아빠가 유독 그리웠노라는 심경 등이 남겨져 있다. 방문객이라야 하루 열 명 안팎에 지나지 않지만 그들이 덧글을 통해 남겨놓는 격려는 훈훈하고도 아름다운 인정이다.

"삼천오백 원 하는 김치찌개를 시켰는데 반찬이 여섯 가지
나 딸려 나왔습니다. 이런 때는 늘 미안합니다. 그래서 자주
찾지 못합니다."

단골식당에 다녀와 고인이 남긴 글이다. 밥값에 비해 과분한 반찬이 마음에 걸렸던 게다. 그를 말함에 있어 착하다는 표현만으론 어쩐지 미진하다. 적합한 표현이 떠오르진 않지만 그 이상의 무엇이지 않을까 다만 짐작할 따름이다. 고인의 온화한 품성을 나이 어린 딸아이가 쏙 빼닮은 것일까? 순진 발랄하면서도 타자에 대한 배려를 놓치지 않는 유진이의 글을 읽노라면 '다 속여도 피는 못 속인다'는 옛말이 떠올라 배시시 웃게 된다.

인터넷 세상이다. 사용자에 따라 이롭기도 해롭기도 하다. 편

리한 반면 병폐도 만만치 않다는 뜻이다. 근거 없는 비방을 고의적으로 일삼는 게시글과 악플은 당사자의 명예는 물론이거니와 가족들에게까지 상처를 입힌다. 그로 인한 피해자가 속출해도 익명성 때문에 하소연할 데가 마땅찮다. 애써 색출해내도 '아님 말고' 식이다. 오죽했으면 '선플 달기 운동'이 생겨났겠는가.

　이러한 때에 아빠의 블로그를 물려받아 세상과 조근조근 소통하는 유진이의 모습은 가히 감동적이다. 오늘은 나도 '행복을 나르는 배달부'에 들러 선플 한 줄 남겨야겠다.

〈국민일보〉

엄마의 틀니

"아가, 어깨는 쫌 어쩌냐?"

"그만그만해요. 병원 다니니 곧 나아지겠지요, 뭐. 엄마는 별일 없으세요?"

"어찌서 별일 없었냐. 오늘도 병원 댕기왔는디 틀니를 히야 쓴단다. 잇몸이 띵띵 부서가꼬 한숨도 못 잤더니 죽겄다. 시방."

"치과에선 뭐래요?"

"인자는 딴 방도가 없는갑더라. 근디 그거시 한두 푼이라야 말이지. 이삼백만 원은 후딱 깨진다든디, 내가 살믄 얼매나 산다고…… 그냥저냥 살다 죽을랑게 내 꺽정은 허지 말고 니 몸 간수나 잘해라. 젊은것이 맨날 골골거려서…… 쯧쯧!"

"돈 걱정 말고 견적이 얼마나 나오는지나 알아보고 연락주세요."

"아서라. 니가 먼 돈이 있다고. 새끼들 갈키고, 두 집 노인네 용돈 대주느라고 집 살 때 은행서 꾼 돈도 이적지 못 가퍼씀서. 너도 너지만 제일로 오 서방 보기 민망허고."

오늘도 아랫니를 네 개나 뽑으셨단다. 작년 이맘때 세 개를 뽑았으니 모습이 어떨지 안 봐도 비디오다. 발음도 샐 테고, 먹는 일도 영 고약할 테다. 말은 걱정 마시라 했지만 어찌 걱정이 안 되겠는가. 남들은 재테크도 잘하고, 가족 몰래 꿍쳐둔 비자금도 솔찬하다던데 난 왜 이 나이 되도록 기백만 원이 없어서 지지리 궁상인지 한심한 생각이 들 즈음, 생각지도 않았던 곳에서 연락이 왔다. 매주 한 꼭지씩 석 달간 에세이 좀 써보지 않겠느냐는 청탁 전화다. 생각하고 말고가 없다. 무조건 오케이다. 연골에 주사를 꽂아야 할 정도로 악화된 오른쪽 어깨의 건초염 따위 문제 삼지 않기로 한다. 마감일에 대한 스트레스, 소재의 빈곤, 시詩로부터 소원해질지도 모른다는 불안도 잠시 접어두기로 한다. 더 이상 버텨낼 수 없을 지경이 되도록 이 악물고 살아낸 노모의 지난한 생만 생각하기로 한다.

천성 탓에 살갑게 대해드리지 못했다. 어디 그뿐인가. 째고 쌘 해외여행 한 번 모시지 못했다. 여든 살, 어쩌면 당신 살아생전 해드릴 수 있는 마지막 선물이 될 수도 있겠다. 붕괴 위기에 직면했던 엄마의 입속은 현재 공사가 한창 진행 중이다.

꾀부리지 않는 마음을 하늘도 눈치채셨는지, 어라? 근 1년 욱신거리던 어깨 통증이 거짓말처럼 잠잠하다. 살 것 같다.

〈국민일보〉

버럭!

핸드폰이 울린다. 습관처럼 발신자 표시부터 확인한다. 보조
개 두목님이다. 일부러 잠시 뜸을 들이다가 통화 버튼을 누르고
는 짐짓 모르는 척 묻는다.

"누구긴 이 사람아, 보조개 두목이지."
"전화 잘못 거셨습니다. 버럭 두목이라면 모를까 보조개 두목
은 모르는 사람인데요."

보조개 두목은 SBS 드라마 〈연인〉에서 성형외과의사인 윤미
주가 연인인 조직폭력배 두목 하강재를 지칭하는 말이다. 방영

내내 드라마에 빠져 지내던 남자는 카리스마와 부드러움을 겸한 강재의 캐릭터가 부러웠던지 여자 핸드폰 주소록에 저장된 '신랑'을 '보조개 두목님'으로 변경해줄 것을 부탁했다. '버럭'이라곤 했지만 사실 남자는 평소 자상하고 다감하고 유머러스한 성품의 소유자다. 여자로 하여금 '내 인생 최고의 행운은 이 남자다'라는 생각이 들게 할 정도다. 하지만 아주 사소한 데서 이따금씩 환상이 깨지곤 하는데 일테면, 운전석에 앉기만 하면 생각 없이 내뱉는 상스런 어투, 사춘기를 막 넘긴 아이 앞에서 거리낌 없이 피워 무는 담배, 주문한 음식의 맛이 기대치 이하일 때 식당 문을 나설 때까지 꽁알거리는 일 따위가 그것이다. 어제 일만 해도 그렇다. 그가 하는 말을 알아듣지 못해 서너 번 되묻자 귀 먹었느냐며 버럭! 신경질을 부린 것이다. 이튿날, 그깟 일을 기억하는 여자를 남자는 쫀쫀하다 하고, 얼렁뚱땅 모면하려 드는 남자를 여자는 속으로 무례하다 여긴다.

국어사전은 '버럭'에 대해 "성이 나서 갑자기 기를 쓰거나 소리를 냅다 지르는 모양"이라 기술하고 있다. 성급하고 참을성이 부족하다는 뜻일 게다. 버럭은 부부는 물론이거니와 모든 인간관계에 치명적이다. 공들여 쌓아올린 호감과 신뢰를 단번에 갈등과 반목으로 반전시켜버리는 고약한 존재다. 개인의 적임과 동시에 공공의 적인 것이다. 그것은 몹쓸 습관이며 심할 경우 병이다. 허물없다는 이유, 친밀하다는 이유로 버럭 화를 내고, 버럭버럭 고함을 지르지나 않았는지 뒤돌아볼 일이다. 만약 그놈이 불식간에 당신의 입 밖으로 뛰쳐나올 기미가 보이거든 눈 질끈 감고 또박또박 허공에 참을 忍을 써보시라. 참을 忍이 셋이면 살인도 면한다잖은가. 하물며 그깟 버럭! 쯤이야.

〈국민일보〉

발가벗다

오래된 인연이 아니면 잘 섞이지 못하는 지독한 낯가림 증상을 갖고 있다. 우선은 잘 모르는 이들 앞에서 나를 까발리는 일 자체가 싫고, 둘째는 그렇잖아도 말이 넘치고 넘쳐나는 세상에 나까지 말을 보탤 이유가 뭐 있을까 싶어서다. 이런 나를 두고 혹자는 답답하다고도 하고, 혹자는 모름지기 시인은 그래야 한다고도 한다.

모 단체의 총회 뒤풀이에서 있었던 일이다. 한 시인이 와락 반가워하며 글 잘 읽고 있노라 했다. K일보 구독하시나 보죠? 얼버무리는데, 정색을 하며 하는 말이 제발 글 좀 잘 쓰란다. 왜 그렇게 대책 없이 홀딱 벗고 써서 독자로 하여금 자꾸 반성하게 만

드냐다. 술김에 툭 던져놓곤, 칭찬인 거 알죠? 하며 껄껄 웃는다. 그의 말이 일리가 있음을 시인하기에 나 또한 배시시 웃고 말았다. 돌이켜보니 지난 석 달, 원고를 마감할 때마다 벌거벗은 느낌을 좀체 지울 수 없었으니 아주 틀린 말은 아닐 게다.

보이지 않으나 엄연히 존재하는 이웃들과 글로써 소통하고 싶은 바람이 하도 간절해 가급적 진솔하고 담백하게 기술하려 했다. 우선, 허위와 가식을 벗어버렸다. 나 글쟁입네 하는 거드름을 벗어던졌다. 어설픈 미학을 벗어던졌다. 결국은 내 얘기지만 읽다 보면 어느새 고개 끄덕이며 이거 내 얘기잖아? 싶은 소재를 우선시했다. 하지만, 벗는 일이란 게 말처럼 쉬운 일이 아님을, 엄청난 용기를 필요로 함을 깨닫게 된 계기가 되었으며, 동시에 살아온 날과 살아갈 날들을 점검하고 반성하고 성찰하는 계기로 삼기도 했다. 얼굴치인 데다 사귀는 데 시일이 걸리고 은근히 까다롭기까지 해 도무지 속을 가늠할 수 없는 사람이라는 핀잔을 받아온 나로선 일상을 조근조근 들려줌으로써 이전까지의 오해를 다소간 불식시킬 수 있었으니 벗긴 제대로 벗은 것 같다.

버거운 생을 이끌고 예까지 오느라 녹초가 된 심신을 단 몇 시간만이라도 맘 편히 쉴 수 있도록 스스로를 배려했으면 싶은 한 해의 끝날이다. 절망과 상처와 고통과 분노, 거짓과 오만과 불신

따위를 벗어버리고, 가뿐해진 마음으로 수고로웠던 한 해를 배웅하면 어떨까? 벗는 일이란 정직하다는, 투명하다는, 욕심 없다는 의미이기도 하고, 솔직하다는, 떳떳하다는, 신뢰해도 좋다는 의미이기도 하다. 기존의 낡고 진부하고 얼룩진 옷을 입은 채 새해를 맞을 것인지, 벌거벗은 빈자貧者의 마음으로 새해를 맞을 것인지 저마다 숙고할 일이다.

〈국민일보〉

이별 연습

　모 라디오 방송 문화 관련 프로그램 진행자로부터 연락이 왔다. 생방송에 출연해 시도 들려주고 살아가는 얘기도 나눴으면 좋겠단다. 눌변에 마이크 울렁증까지 있어서 거절할까 하다가 시인으로 살아가는 여식의 하루를 엄마께 보여드리고 싶어 수락했다. 방송 당일, 숱 적은 흰머리를 드라이어로 부풀리고, 비비크림으로 검버섯을 살짝 커버한 다음, 코코아빛 루즈를 칠해드렸더니 파티에 초대받은 귀부인마냥 설레어하신다. 그렇게 방송국으로 향했다. 휘둥그레진 피디에게 자초지종을 설명했더니 고맙게도 자기 옆에 간이의자를 마련해준다. 여는 시로 「곰국 끓이던 날」을 낭송했다.

노모의 칠순잔치 부조 고맙다며

후배가 사골 세트를 사왔다

도막난 뼈에서 기름 발라내고

하루 반나절을 내리 고았으나

듭듭한 국물 우러나지 않아

단골 정육점에 물어보니

물어보나마나 암소란다

새끼 몇 배 낳아 젖 빨리다보니

몸피는 밭아 야위고 육질은 질겨져

고기 값이 황소 절반밖에 안 되고

뼈도 구멍이 숭숭 뚫려 우러날 게 없단다

그랬구나

평생 장승처럼 눕지도 않고 피붙이 지켜온 어머니

저렇듯 온전했던 한 생을

나 식빵 속처럼 파먹고 살아온 거였구나

그 불면의 충혈된 동공까지도 나 쪼아먹고 살았구나

뼛속까지 갉아먹고도 모자라

한 방울 수액까지 짜내 목축이며 살아왔구나

희멀건 국물

엄마의 뿌연 눈물이었구나

―손세실리아 시 「곰국 끓이던 날」 전문

아무리 고아도 틉틉한 국물이 우러나지 않는 사골 얘기다. 새
끼 낳고 젖물려 키우다 보니 육질 질겨지고 뼈에 구멍까지 숭숭
뚫려 우러날 게 남아 있지 않은 암소를 어머니와 비유해 온전했
던 한 생을 파먹고, 쪼아먹고, 갉아먹고…… 살아온 나 자신을
돌아본다는 내용이다. 슬쩍 엄마를 쳐다보니 긴장한 탓인지 별
반응이 없으시다. 사실 난 아직 단 한 번도 엄마께 시를 들려드
린 적이 없다. 생각만으로도 눈물이 솟구치고 울컥! 목이 메는
까닭이다. 지난한 가족사로 인해 애증이 점철된 성장기를 거쳐
왔으니 왜 아니겠는가. 돌아오는 길, 엄마께 여쭸다.

"오늘 어땠어?"

"황홀했지."

엄마 입에서 '황홀'이란 단어가 튀어나오는 순간 아찔했다.
아! 우리 엄마도 저런 표현을 쓸 줄 아는구나 싶어서다.

"뭐가 젤 좋았어?"

"다 좋았지. 그중에도 거시기…… 뭐더라? 아! 뺏국. 난 그게

젤 좋더라."

"뼛국? 아하! 곰국? 근데 뼛국이 훨씬 시적이네. 엄마가 시인인 걸."

저혈당 쇼크로 몇 차례 중환자실 신세를 지고 나더니만 부쩍 삶의 의욕을 상실한 팔순 노모를 혼자 둘 수 없어 올봄부터 모시고 산다. 글을 모르는 탓에 아파트 단지에서 길을 잃기 일쑤고, 식탐을 억제하지 못해 끼니마다 신경전이다. 게다가 급격한 시력 저하에 초기 치매 증상이 오락가락하는 통에 매일 도 닦는 기분이다. 요양원 앞까지 갔다가 돌아선 적도 있다. 효성이 지극해서가 아니라 이렇게 떠나보내고 나면 후회가 클 것 같아서다. 이별 예행연습이랄까? 하여 사위 눈치, 손자 눈치 보는 게 습관이 되어버린 엄마께 당부하곤 한다.

"엄마! 제발 기죽지 마. 엄만 지금 오갈 데 없어서 여기 사는 게 아니라, 나 때문에 특별히 살아주고 있는 거니까. 알았지?"

월간 「좋은생각」 / 「엄마꽃」(좋은생각)

민추 해명서

작년 가을, 미국의 자존심임과 동시에 거대 자본주의의 상징
이기도 한 미국 무역센터가 항공기 테러로 순식간에 붕괴되고
말았다. 마치 컴퓨터 그래픽을 이용한 매머드급 영화 한 편을 보
고 있는 듯한 착각에 빠지기 충분했을 만큼 그 참사를 실시간 속
보로 접했던 전 세계인들은 경악을 금치 못했다.

삽시간에 전 세계의 경제가 술렁이기 시작했고 자연히 항공업
계에도 팽팽한 긴장감이 감돌았다. 언제 또 항공기를 이용한 테
러의 후속편이 이어질지 모를 상황인지라 사람들은 외국 여행을
가급적 삼가기 시작했다. 예약된 항공권 취소가 빗발쳤다. 전례
없던 항공업계의 불황 예고에 항공사들은 살아남기 위한 자구책

으로 사활 건 구조조정을 감행했다. 항공기를 팔거나 임대하겠다고 내놓았고, 비수익 노선에 대한 운항 중단도 과감히 실행에 옮겨졌다. 게다가 대대적인 인력 감축 설이 끈질기게 사원들의 사기를 떨어뜨렸다.

십오 년 넘게 군 전투조종사로 복무해오던 남편이 군복을 벗고 민간 항공사로 이적해 와 아직 교육생 딱지도 떼지 않은 상태인지라 우리 가족이 받아들여야 하는 경제적 체감온도는 사뭇 위협적이었으며 또한, 교육을 마쳐도 언제 비행에 투입될지 불투명한 일이었다.

그즈음 세면대가 자주 막히기 시작했다. 뚫고 한 일주일 지나면 또 막혀 트랩을 다시 분해해서 이물질을 끄집어내는 일이 반복되었다. 말로만 듣던 탈모가 남편에게 찾아온 것이다.

가계부 기록이 수명 단축과 직결되는 일이라고 엄살 부리는 아내, 은행 잔고가 얼마 남아 있는지 도무지 관심도 없는 아내, 기한 넘은 공과금을 연체료와 함께 상습적으로 지불하는 아내가 그에겐 미덥지 않았을 게다. 혼자서만 저리 끙끙 앓다가 가장으로서의 책임감이 문득 두려워진 모양이다. 듬성듬성해진 정수리께 머리카락을 들추며 약을 바르던 남편이 걱정스런 눈빛으로 묻는다.

"이러다 나 정말 대머리 되면 어쩌지?"

"괜찮아, 내가 근사한 가발 맞춰 줄게. 요즘은 수영장에서도 착용할 수 있는 가발이 나온대."

철없는 아내의 대답에 남편은 그만 피식 웃고 만다. 하지만 하루가 다르게 숱이 적어지는, 그래서 고개 숙이면 속이 휑하니 들여다보이는 남편의 신경성 탈모가 왜 나라고 염려되지 않겠는가. 속울음 삼키며 짠한 마음 내색하지 않는 이유를 남편은 알까?

이런 불안한 상황이 그리 오래가지는 않을 거라는 가벼움으로 어깨를 당당히 폈으면 하는 간절한 바람으로 당장 내가 가계 경제를 위해 할 수 있는 일이 무엇일까 궁리했다. 우선 신용카드를 없애 충동 구매를 줄이고 문화비와 의류 구입비를 대폭 삭감했다. 그리고 우리 집 중학생의 학원을 종합반에서 단과로 옮기는 일이 남편 몰래 실행에 옮겨졌다.

이러저러한 이유로 상황이 복잡하고 심란해져 있을 즈음. 하필이면 바로 그날, 서울에서 친구들이 전화를 걸어왔다. 셋이서 모여 있는데 갑자기 내가 보고 싶어졌다며 집 근처로 몰려오겠단다. 기분 좋게 꼬인 음성이 전화기 저쪽에서 비틀거리며 걸어나왔다. 음성으로 미루어 2차는 족히 끝마쳤을 기분 좋은 왁자함이 묻어 있다.

"그래 와라. 까짓 3차는 내가 쏜다."

딸아이 영어 학습 교재비로 준비해둔 5만 원을 봉투에서 꺼내 챙겨들고 전철역으로 나갔다.

가까운 호프집에나 들어가 생맥주 몇 잔에 안주 두어 가지 시켜도 이 돈이면 충분할 듯싶었는데 앞장선 그네들이 들어선 곳은 커피 한 잔 값도 6000원을 호가하는 우리 동네 고급 라이브 레스토랑 아닌가. 아뿔싸, 이러면 안 되는데 애당초 내 계획에서 어긋나도 한참이나 어긋나는데…. 하지만 그 말은 웅얼거림으로만 혀끝에서 맴돌 뿐 당당히 들어가는 친구들을 저지하기엔 내 자존심이 허락칠 않았다.

연미복 차림의 웨이터가 양손을 배꼽 주변에 가지런히 모으고 묵묵히 메뉴판을 주시하고 있었고 친구들은 취향대로 술과 안주를 주문했다. 어림짐작으로도 내 호주머니 속 6만 원을 세 배쯤 초과한 듯싶은 예산이 나왔다. 그때부터 나는 자포자기의 심정으로 친구들이 부어주는 술을 사양 않고 겁 없이 위에 들이붓기 시작했다.

취기는 생각보다 빨리 찾아왔다. 원체 술을 잘 못하는 체질인지라 친구들은 무슨 일 있는 거 아니냐며 몇 번이나 걱정스레 되물었고 건강에 집안일까지 챙기느라 영 술판에 흥이 나질 않았다. 술자리가 끝나고 일어서려는데 몸이 말을 듣지 않았다. 걸음이 꼬여 제대로 걷지도 못하는 내게 계산을 미루는 친구는 없었다. 다행이다. 주머니 속 6만 원은 이미 주눅들어 구석에 웅크린 채다. 집 앞까지 바래다주고도 걱정스런 눈빛을 거두지 못하던 친구들. 멀리서 온 친구들에 대한 미안한 마음은 잠시 접어두기로 했다. 곧 상황이 나아지겠지. 그땐 내가 먼저 친구들을 불러내 맛있는 밥 한 끼 사야겠다. 그날의 비겁한 만취 해명에 친구들은 과연 어떤 표정을 지을까.

2002년 첫 새벽, 떡쌀을 물에 담그고 맨 먼저 내 남자의 구두를 찾았다. 현관 신발장 앞 아이들 씩씩한 운동화 속에 끼워져 더욱 고단히 내동댕이쳐 있었다. 나랑 동갑인 내 남자의 살아온 날이 거기 구두와 나란히 포개져 자꾸만 눈자위를 붉게 했다. 서른아홉 살 내 남자의 전신을 묵묵히 지탱해준 구두 한 켤레를 가만히 보듬어보았다.

내색조차 할 수 없어 더 버거웠을 식은땀을, 뒷축 닳도록 사람을 만나면서 부지기수로 상했을 자존심을, 살아온 날을 통째로 내동댕이치고 싶었을지도 모를 그런 삶의 중압감을 곁에서 다 지켜보았을 납작한 구두코에 입술을 얹었다.

구멍난 동산 양말 한 짝, 캥거루표 흑색 구두약, 그리고 손잡이 달린 구둣솔을 챙겼다. 먼저 먼지를 털어내고 검정 약을 듬뿍 발랐다. 그리곤 면양말로 장갑을 만들어 쓱쓱 문질렀다. 몇 번 되풀이하다 보니 어느새 피곤한 기색은 싹 가시고 말끔하다. 짱짱하고 투명하다. 이제까지 내 남자의 척추를 꼿꼿이 받쳐준 구두를 높이 치켜들었다.

"구두야! 그동안 퍽 애썼다. 고맙구. 앞으로도 여전히 내 남자 잘 부탁한다."

아직 밖은 어둑하다. 안방으로 돌아와 잠에서 깨어나지 않은 내 남자의 머리맡에도 소망 하나 정갈히 빚어 가지런히 내려놓았다.

"아무 걱정하지 말고 기운 내요. 내가 있고 아이들도 저리 건강한데 무슨 걱정이야. 올해는 잘될 거야, 틀림없이 다 잘될 거야."

진보생활문예지 격월간 『삶이 보이는 창』

첫사랑

 기억 속의 사람이 울컥, 보고 싶어질 때가 있다. 속수무책 그리울 때가 있다. 좋은 인연일 경우엔 한 번쯤 다시 만나 살아온 날들을 얘기하고 싶고, 가끔씩 연락하면서 함께 늙어가고픈 게 솔직한 심정이다. 그래서 떠올리는 것만으로도 마음은 벌써 까마득한 옛시절로 거슬러 올라가 배시시 웃고 있는 경우가 많다. 우현이도 그중 하나다.

 단짝 친구의 사촌 동생인 그는 나보다 한 학년 아래였는데, 누나 누나하며 나를 따랐다. 무남독녀로 고적하게 자랐기에 사내 동생 하나 거저 얻은 것 같은 든든함에 꽤 각별하게 지냈더랬다. 이런 관계가 위기를 맞은 건 내 결혼식 날이 잡히고서였다. 그는 폭음은 물론이거니와 공격적으로 변해갔다. 방황으로 휘청거렸다. 왜냐고 물어도 묵묵부답이더니만 하루는 눈물 뚝뚝 흘리더니 말없이 돌아갔다. 우현이의 변한 모습이 마음에 쓰여 전화 통화를 시도했으나 번번이 거절당한 나는 유난히 잘 따르던 터올 많은 사내 동생 떼놓고 시집가는 기분이 되곤 했는데 그런 마음을 전할 기회마저 갖지 못하고 말았던 것이다. 우현이는 내 결혼식에 참석하지 않았다. 그게 끝이었다.

살면서 이따금 우현이가 눈에 밟히곤 했던 나는 얼마 전 고향에 수소문해 연락을 취했다. 잃었던 동생을 다시 만난 기분이 이런 걸까? 한참을 침묵하던 그가 말문을 터 누나가 제 첫사랑이에요. 모르셨죠? 한다. 그리곤 지금도 여전히 사랑한다 말했다. 담담하다. 떨림이나 머뭇거림이 전무하다. 세월이 첫사랑을 무디게 한 것이리라. 단련시킨 것이리라. 20여 년 전, 그가 품었던 사랑이 이성을 향한 감정이었다면, 지금 그가 말하는 사랑은 혈육의 정이 내포된 것임을 굳이 설명하지 않아도 알 수 있겠다. 그가 당시, 떼쓰듯 내게 첫사랑을 고백했더라면 오늘 같은 편안한 관계는 아마 불가능했겠지. 첫사랑을 훼손시키지 않으려 애썼을 그가 대견해 보였다. 그리고 고마웠다.

사랑이 헤픈 시절이다. 오래 참으려 하지 않는다. 상대방은 뒷전이고 나만 생각한다. 쉽게 끓어올랐다가 순식간에 식어버린다. 때문에 헤어지고 나면 사랑만 잃는 게 아니라 사람까지 잃어버린다. 한 시절, 자신의 전부를 뜨겁게 쏟아부었던 사람을 잃어버려서야 되겠는가, 사랑은 잃어도 사람은 남겨야 하지 않겠는가.

이별할 땐 최대한의 예의를 갖춰야겠다. 최소한 무례하진 말아야 한다.

〈국민일보〉

편지와 이메일

전라도 소읍인 정읍에서 태어나 어릴 때부터 대처에 대한 호기심이 남달랐던 나는 명절만 돌아오면 한껏 차려입고 고향에 내려오는 귀성 행렬을 지켜보느라 새벽녘이 되어서야 잠자리에 들어 뒤척이다 날을 새기 일쑤였다. 그들의 잘 차려입은 입성도 입성이려니와 입에 착 달라붙는 '서울말'을 듣고 있노라면 슬슬 주눅이 들기 시작해 말문을 닫곤 했었다. 딱 한 차례, 고향을 등지고 꿈에 그리던 상경을 시도했던 적이 있었는데 그때가 중학교를 막 졸업하고서였다. 어떻게든 서울에 있는 상급학교로 진학하고자 했던 계획이 수포로 돌아간 것은 다름 아닌 병약한 홀어머니의 축 처진 어깨에 마음 발목을 붙잡힌 연유에 있었다. 하는 수 없이 고향에 내려와 주저앉은 나는 낡은 수첩을 뒤적여 친구들에게 닥치는 대로 편지를 쓰기 시작했고, 한 주에 평균 네댓 통의 편지가 전국 각지로 보내지거나 답장이 날아들었으니 따분할 틈이 없었다.

그들이 사는 고장을 알기 위한 관심의 각도가 지리적 여건이나 문화적 특성 또는 향토 특산물이나 산업 개발까지 이어졌으며, 발길 닿지 않은 그곳의 역사적 배경을 알아내기 위해 역사책을 통독하기도 했다. 그러다가 교통편이 궁금해지면 각 내륙을 잇는 철도편부터 고속버스 노선과 지방 신설도로망까지 샅샅이 뒤적였으며, 그 고장 출신 문인들의 문학 작품을 찾아 두루 섭렵했으니, 편지 쓰기가 내겐 제도권 밖의 실질적 교육자 역할을 톡톡히 해낸 셈이다. 지독히 내성적인 성격인 데다가 불우한 가정 생활을 남에게 들키지 않으려고 골방에 틀어박혀 책을 읽거나 편지를 쓰는 일로 소일하며 청소년기를 보냈다.

편지를 쓰는 일이란 상대에 대한 무한한 예의로부터 시작되어지는 게 아닐까? 그 황량한 여백을 메우기 위해 상대방에게 건넬 말을 미리 생각해 정리해야 되고, 닳은 연필심을 곧추세우기 위해 연필을 깎거나 혹은 만년필 고무 튜브에 잉크를 배불리 먹여야 한다. 눈앞에 현존하지 않으나 펜을 놓을 때까지 공손함을 잃으면 안 되는 것이 편지가 지닌 품격 가운데 으뜸일 것이다. 수년 전까지만 해도 우리에겐 고마움을, 그리움과 사랑을, 문안 인사와 이별을, 또는 업무 청탁을 편지에 담아 정중히 보내던 문화가 있었다. 그러던 것이 컴퓨터가 일상의 필수 가전제품처럼 보급되어지고 인터넷이 도서 지역으로까지 급속도로 확산되어지면서 편지와 전화를 대체할 통신수단, 이메일이 등장한 것이다.

얼마 전, 사업에 실패하고 고향에 청과상을 개업한 친구의 까칠한 구릿빛 얼굴이 잊히지 않아 블라우스 두 장을 사서 소포 포장을 하다가 기운 내라고 몇 자 적는다는 것이 후딱 몇 장의 편지가 되고 말았다. 그 선물을 받아든 친구가 전화를 걸어 하는 말이 걸작이다.

"옷도 옷이지만 네가 쓴 편지가 감동적이더라. 과일가게 아줌마들 다 돌려보고 나니 구겨지고 귀퉁이도 찢겨졌지만 기분은 억수로 좋았어. 고마워."

돈을 주고 산 옷보다 더한 감동을 줄 수 있었던 편지. 번거롭다는 이유 하나만으로 기피하면서 생활의 편리함만 좇지는 않았는지, 실로 몇 해 만에 써본 편지 한 통이 참으로 많은 것들을 한꺼번에 돌아보게 만들었다. 그간 받은 소식들로 용량이 거의 바닥난 이메일을 열어 '휴지통'에 버리고 다시 '휴지통 비우기'를 클릭했더니 그 많던 사연들이 순식간에 흔적도 없이 사라지고 말았다. 그것들이 만약 종이로 된 편지였더라도 이렇게 쉽게 지울 수 있었을까? 아니다. 젊은 날 한때 사랑했던 연인의 편지를 불사르면서도 마치 내 몸에 화염이 휩싸인 것처럼 괴로워했으며, 헤어진 이와의 추억을 떠올리다 끝내는 울먹이지 않았던가. 써 보낸 이의 모습과 사연이 살아 있어 함부로 버리지 못하고 간직하다가 결국은 성물聖物처럼 '소각의 의식'을 치르지 않았던가.

"편지 한 통이 안겨준 신선한 생활의 재발견!"

사용하는 이메일을 전면 중단하고 편지로 환원시키자는 말은 아니다. 물론 여전히 그것은 생활의 중요한 통신수단임에 분명하므로 나 또한 사용 자체를 전면적으로 포기하거나 반납할 생각은 추호도 없다. 그러나 가끔, 아주 가끔은 귀한 사람들에게 어떤 문명의 이기도 묻어 있지 않은 편지를 써보는 게 어떨까. 상실해가는 이 귀한 정서를 섬세한 감성의 촉수를 지닌 여성들부터라도 앞장서 되살려냈으면 하는 바람 짙다. 살면서 가끔은 누군가에게 나를 남겨 기억케 할 일이다.

〈오마이뉴스〉

권력, 무죄!

생판 모르는 이로부터 이메일을 받았다. 익명이다. 모 일간지 신춘문예 당선자라고 자신을 소개한 다음, 등단만 하면 그날로부터 문단에서 시인으로 대접받고, 시집을 내주겠다는 출판사도 줄을 이을 줄 알았는데 웬걸, 시집 출간 제안은커녕 그 흔한 청탁 한 번 받아보질 못했고, 문학 행사에 초대받아본 적도 없었다며 볼멘소리다. 이렇게 몇 년 지나니 '내가 과연 시인인가?' 하는 의구심마저 생기고 급기야는 자괴감에 빠져들더란다. 작품을 써도 발표할 지면이 없는 자신의 처지가 한심스럽기도 하고, 제아무리 기를 써도 도무지 문이 열릴 기미가 보이지 않는 철옹성 같은 중앙 문단의 권력 앞에서 맥이 스르르 풀리기도 하더란다.

대체 어찌하면 좋겠는지 조언을 바란다는 부탁 말로 편지는 끝을 맺고 있었다.

간혹 받는 여타의 이메일과 크게 다르지 않다. 본인의 작품을 문단이 몰라준다는 거다. 중앙 문단의 권력이 지역 문단을 홀대한다는 거다. 이런 사연을 받게 되는 날이면 참으로 안타깝고 당혹스럽기 짝이 없다. 이럴 경우, 모르쇠로 일관하자니 자꾸만 마음이 쓰이기도 하고, 답장을 보내자니 괜한 오해를 살 수도 있겠다 싶어 주저하게 된다. 하지만 오죽 답답했으면 나한테까지 속마음을 털어 놓았을까 싶어져 결국 솔직한 내 생각을 몇 자 적어 보내곤 한다.

"선생님께서 말씀하신 권력이라는 것에 대해 곰곰 생각해 봤습니다. 저 또한 그것과는 거리가 먼 무명 시인에 불과한지라 잘은 모르지만 글판에서의 진정한 권력은 출판사나 유명 문인이 아니라 바로 좋은 작품이 아닐는지요. 오랜 세월이 흐른 후, 작가가 세상을 떠나도 독자들 가슴속에 여전히 살아 있는 그런 작품 말이에요. 간절히 바라옵기는 선생님의 작품이 머잖은 날, 반드시 아름다운 권력이 되기를 희망합니다."

권력의 영어 단어는 power다. 잘 행사하면 자신은 물론이고 전체를 아우르고 살리는 에너지가 되지만 그렇지 못할 경우 파국으로 치닫게 하는 결정적 요인으로 작용하는 힘인 것이다. 문단에서의 권력이 빼어난 작품이라면, 기업가의 권력은 근면 성실한 노동자이고, 연기자의 권력은 개성 넘치는 연기력이며, 교사의 든든한 권력은 제자다. 제17대 대통령선거일 막바지다. 자신을 지지하고 신뢰하는 국민을 권력자로 모실 줄 아는 겸허한 이가 선출되기를 바라는 마음 간절하다.

〈국민일보〉

명품

　남자는 본인 명의로 된 통장을 두 개씩이나 갖고 있다. 그중 하나는 아내가 관리하는 월급 통장이고, 나머지 하나는 비자금 통장이다. 비자금이라는 말이 정치적으로 왜곡되고 변질되는 바람에 다소 거북살스럽게 여겨질 수도 있지만 남자의 경우는 다르다. 외국 출장 시 회사로부터 지급되는 식비가 입금되는 통장이기 때문이다. 요 며칠 전, 통장 정리를 하고 은행문을 나서던 남자의 기분이 뿌듯하다. 7~8개월 모은 돈이 드디어 100만 원을 넘어선 것이다.

　아내에게 선물할 가방을 고르기 위해 공항 면세점을 둘러봤으나 자신이 없다. 대충 구입했다가 취향에 맞지 않아 하면 낭패이겠다 싶으니 선뜻 구입할 수 없었던 게다. 궁리 끝에 아이쇼핑이나 하자며 여자를 집 근처 백화점 명품 매장으로 데려갔다. 상품을 직접 보고 꼼꼼히 골라본 다음, 모델명을 기억했다가 출장길 공항 면세점에서 사 오려는 속셈이다. 마음 같으면야 몰래 사 들고 들어와 짠, 하면서 깜짝 이벤트를 연출하고 싶은데 하는 수 없다.

이것저것 구경하던 여자가 드디어 마음에 드는 가방을 찾은 듯하다. 몇 천 원 빠지는 200만 원이다. 면세 가격으로 구입해도 일부를 보태야 할 액수다. 외출 시 시집 몇 권에 필기도구를 챙겨 다니는 여자에겐 안성맞춤인 스타일이다. 백화점 측엔 미안한 일이지만 모델 넘버만 머릿속에 입력하고 매장을 나왔다.

"왜?"

그제야 여자가 묻는다.

"당신 사주려고."

남자의 말이 끝나기가 무섭게 여자가 정색하고 대답한다.

"나 저런 거 취미 없는 거 몰라?"

"잘 어울리던데 뭘. 사준달 때 사, 나중에 후회 말고."

"명품 들고 다니면 인간도 명품이 된대? 그럼 사고."

남자와 여자가 백화점 광장으로 걸어 나오자 때마침 크리스마

스트리 점등식이 진행되고 있다. 결심이 수포로 돌아간 남자의 다섯 손가락에 여자가 손깍지를 낀다. 이 순간, 고맙다거나 사랑한다는 말은 지리멸렬하다. 진부하다. 명품 마음을 성탄 선물로 주고받은 남자와 여자가 약속이나 한 듯 구세군 자선냄비 쪽으로 향한다.

초중고생들 사이에 명품계가 유행한 지 오래다. 이를 두고 어찌 아이들만 나무랄 수 있겠는가. 명품을 자신의 명예와 자존심은 물론이고 상류층의 과시욕까지 대신해주는 도구로 착각하는 어른들 책임 아니겠는가. 명품은 장인정신의 소산이다. 사람이 명품이라는 얘기다. 참된 가치로 삶을 가꿀 줄 아는 명품 인간이 먼저 되고 볼 일이다.

〈국민일보〉

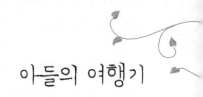

아들의 여행기

　아르바이트해서 갚을 테니 용돈 좀 가불해달라는 아들 녀석의 청에 긴히 쓸 데가 생긴 모양이로구나 싶어 이유도 묻지 않은 채 적지 않은 액수를 건네줬다. 이런 일 처음이기도 하려니와 철이 너무 일찍 들어 말썽 한 번 부린 적 없기에 무조건 믿어주기로 한 것이다.

　한 사흘 혼자 어디 좀 다녀오겠단 말만 남기고 집을 나서는 아이를 배웅하면서도 행선지가 어딘지, 동행은 있는지 캐묻지 않기로 한다. 수능 치르느라 핼쑥해진 몰골도 몰골이려니와 책과 씨름하느라 앞으로 휜 어깨가 짠하게 밟혀, 맘속으로나마 '그래, 왜 아니겠니. 입시에 대한 강박관념 훌훌 털어버리고 어디로든 바람처럼 다녀오렴' 하는 심정뿐이다.

반나절이 지나고 하루가 지났다. 굶지나 않는지, 잠자리는 편한지, 여행은 순조로운지…. 걱정이 꼬리에 꼬리를 문다. 참다못해 문자를 보냈다.

"어디쯤인데? 밥은? 잠은? 경비는 바닥나지 않았어? 여긴 추운데 거긴?"

문자 도착 신호음이 들렸다. 아이 방이다. 휴대전화까지 두고 떠난 거다. 공부만 할 줄 알았지 세상 물정엔 까막눈이나 다름없는 데다가, 서너 차례 다녀온 길도 찾지 못해 헤매곤 하는 길치인지라 걱정이 배가 된다. 괜스레 아이 방을 들락거리며 그동안 풀고 탑처럼 쌓아둔 문제집을 들춰보기도 하고, 전자피아노 건반을 생각 없이 꾹꾹 눌러보기도 했다.

"아무리 그래도 그렇지 최소한 전화는 챙겨갔어야 거 아냐. 다음부턴 여행 코빼기도 없을 줄 알아."

마치 아이가 앞에 서 있는 것처럼 혼잣말로 으름장을 놓기도 했다.

사흘째 되던 날, 시골에 홀로 계신 양가 부모님께서 전화를 걸어와 "승욱이는 잘 도착했냐" 하신다. 예고 없이 친가와 외가를 방문해 용돈도 드리고, 집안 곳곳 걸레질부터 이부자리 일광욕은 물론이거니와 밥도 짓고 쇠고기국도 끓여주더란다. 공부하느라 찾아뵙지 못해 죄송하다고, 졸업해서 돈 벌 때까지 오래오래 사셔야 한다고……. 다짐받고 또 다짐을 받더란다.

환하게 웃으며 현관문을 들어서는 아일 꼭 끌어안았다. 고맙고 대견하단 말은 아끼기로 한다. 켜둔 채 잠자러 들어간 아이의 미니홈피 메인 화면 문구를 들여다본다.

　　혼자 사는 노인들과 입양아를
　　직업정신보다는 인간애로 돌보는
　　가슴 따뜻한 의사가 되어야겠다

〈국민일보〉

강연료

    문화 읽기 특강 요청이 있어 함양 '녹색대학'에 다녀왔다. 풍류예술학과, 녹색교육학과, 생태건축학과, 녹색살림학과, 생명농업학과, 녹색문화학과, 자연의학과 등을 학부와 대학원 과정에 두고 있는 이 학교는 제도권 대학과는 사뭇 다른 대안학교로서 교육 이념과 교과 과정 및 설립 취지로 화제를 불러일으킨 바 있다. 먼 길, 올여름 대추리 아카이브 전展 기획회의 때 스치듯 목례 정도 나눈 바 있는 미술평론가 김종길 씨와 동행했다. 녹색대학이 추구하는 녹색 정신에 매료돼 정신적 후원을 아끼지 않는 그는 가을학기 특강 커리큘럼을 직접 짰을 뿐 아니라 당일치기가 어려운 수도권 거주 강사진의 심적 부담을 덜어주고자 차량 인솔까지 자청하고 나선 녹지사다. 참고로 이들이 말하는 녹지사란 녹색의 문명과 생태, 녹색교육을 지원하고 지탱하는 사람들의 모임을 뜻한다 한다.

집 나선 지 네 시간 반 만에야 경남 함양군 백전면 평정리 469 번지, 말로만 듣던 대안학교에 도착했다. 시든 풀포기와 배추밭, 강아지가 더불어 기거하는 운동장을 지나 강의실에 들어서서 수능 노예로 몰아붙이는 교육부의 입시정책에 유감이 많다는 말로 말문을 텄는데, 말이 강연이지 사실은 '시인과의 만남'이라는 표현이 적절하지 않을까 싶다. 원고도 없이 주어진 시간을 어찌 메울까 하는 우려와는 달리 세 시간을 훌쩍 넘기고 말았다. 말을 정리하고 학생들과의 질의응답으로 넘어가려는데 이를 어째, 산 너머 너머에서 빠른 속도로 이울던 빛이 꼴까닥 져버리는 게 아닌가. 자꾸만 창밖 광경으로 시선을 빼앗기는 강사의 마음을 간파한 김종길 씨가 자리에서 일어서더니 전원 스위치를 껐다. 적막, 그야말로 적막강산이다. 칠흑 어둠 속에서 서로의 말이 느릿하고 유순하게 오갔고, 녹색 언어가 헤엄쳐와 지친 등을 가만가만 토닥이자 덧난 상처에선 연둣빛 움이 다투어 트기 시작했다.

교통비도 안 되는 돈이라며 성의니 받아달라 내미는 강연료를 받은 걸로 치겠다고 사양했더니 그러면 염치없어 안 된다 한사코 완고하기에 그럼 후원금으로 대체해주십사 부탁했더니 그제야 고집을 꺾는다. 돌아오는 길, 측백나무숲이 한눈에 내려다보이는 고갯마루 갓길에 차를 세워놓고 감청빛 하늘을 우러렀다. 금방이라도 별사태가 질 것처럼 총총한 별! 이 모든 것이 강연료겠다 싶으니 과분하기 짝이 없다. 게다가 강연료치곤 거액이다. 세금도 떼지 않는 소득을 챙겼으니 나 한동안은 부자로 살겠다.

〈국민일보〉

나무의 눈물

우리 집을 처음 방문하는 이들 중 열에 아홉은 현관문이 열리자마자 약속이나 한 듯 이렇게 말한다.

"웬 책이 이렇게나 많아요? 집이 아니라 도서관이네."

장식용 책은 아닌지 짓궂게 물어보기도 하고, 살림은 팽개치고 책만 읽느냐 놀리기도 하지만 저의 없음을 알기에 나 또한 배시시 웃음으로 대답을 대신하곤 한다. 요 근래 거실을 서재로 꾸며 활용하는 가정이 점차 늘고 있는 추세다. 하지만 선뜻 감행하기는 쉽지 않은 일인지라 부러움 반, 호기심 반으로 개조에 드는 비용이며 효용성에 대해 이것저것 질문하기도 하고, 거실 양쪽 벽면을 장악한 채 위풍당당 서 있는 붙박이 책장 앞에 서서 일렬

종대로 꽂힌 책을 뽑아들거나, 별생각 없이 제목을 쓰윽 훑어보기도 한다.

장르로는 작가 이름을 ㄱㄴㄷ순으로 분류한 소설, 산문집, 화집, 사진집도 꽤 되지만, 출판사별로 구분해놓은 시집이 단연 많다. 때문에 실용도서에 관심 있는 이들은 오래 머물지 않는 반면 한때 문학 소년, 소녀였던 이들은 소파에 앉을 생각도 잊고 책장을 넘기기도 한다. 집 안 곳곳에 천덕꾸러기 신세로 전락해가는 책의 거처를 마련해주자 싶어서 감행했던 일인데 1년을 채 넘기기도 전에 과부하에 걸리고 말았으니 이를 어쩌랴. 다시금 50층, 60층 책탑이 집 안 곳곳에 세워지기 시작한 게다. 더는 방도가 없어 소장용 책만 남겨놓고 입양시키기로 결심했다. 아파트단지 주민도서관에 기증하기도 하지만, 분리수거라는 극단의 조치를 취하기도 하는데 후자는 두고두고 마음이 편치 않다. 그런 날은 영락없이 호된 몸살로 앓아눕곤 한다. 집필에 열정을 쏟았을 저자에 대한 미안함과 책의 전신인 나무에게 드는 죄책감 때문이지 싶다.

책은 곧 저자 자신이며, 나무의 생애 아니던가. 종이 생산을 명분으로 인간에 의해 최후를 맞은 전나무, 회나무, 자작나무, 파피루스, 닥나무의 목숨 아니던가 말이다. 이와 같은 맥락에서

서재는 책을 수납하는 실용적 측면과 독서를 위한 공간적 의미에 국한되지 않고 나무와 나무가 모여 이룬 숲의 개념으로까지의 확장 해석이 가능해진다. 하여, 서가는 숲에 다름 아니다.

미안함에 죄책감도 모자라 몸살로까지 이어지는 또 다른 속내를 고백하자면, 몇 해 걸려서 공들여 지은 내 시집도 혹여 불어나는 책의 수효를 감당 못한 어느 독자에 의해 버림받을지 모른다는 생각, 어쩌면 이미 종이재생공장에 들어가 질 낮은 재생지로 제조됐을지도 모른다는 끔찍한 생각이 드는 까닭에서다. 다행스럽게도 이는 두 번째 시집 출간을 서두르던 내게 경각심을 불러일으키는 계기로 작용했다. 애장 도서까진 못되더라도 최소한 애물단지는 되지 말아야겠단 생각에 시기로부터 느긋해졌으며, 가능한 나무의 죽음을 최소화하자는 갸륵한 생각을 품게 된 것이다.

거리에 넘쳐나는 각종 전단지도 출간되는 책과 별반 다르지 않다. 대출, 개업, 아파트 분양, 선교, 생활정보지, 학원, 과외, 공연, 대리운전, 부킹 책임 나이트클럽, 비아그라, DVD방……. 이건 정보가 아니라 숫제 공해다. 받자마자 버릴 델 찾아 두리번거리는 전단지도 알고 보면 전신이 나무였을 텐데 대체 어쩌자고 이토록 대책 없이 남발하는지 납득할 수 없다.

선거철마다 무차별 배포되는 유인물은 또 어떤가. 필요 이상의 고급 재질에 사진과 이력과 공약을 미주알고주알 늘어놓느라 지면이 부족한 나머지 속지까지 동원한다. 이런 경우를 빗댄 말이 있다.

"주소 긴 사람치고 잘 사는 사람 드물고, 직함 많은 사람치고 출세한 사람 못 봤다."

초등학교부터 최종 학교까지의 출신 학교는 기본이고 각 단체의 자문위원, 고문, 감사, 운영위원……, 감투란 감투는 총동원한다. 이러니 한정된 지면이 태부족일밖에. 학연, 지연, 인맥을 총망라해 표밭에 거름 주고 싹트기 좋게 일구자는 전략임을 모르는 바 아니나 좀 한심한 생각도 든다. 상징성 있는 몇 줄 직함, 몇 줄 공약, 몇 줄 출마의 변이면 안 되는 걸까? 길거리 약장수처럼 되는 말, 안 되는 말 주저리주저리 늘어놓지 말고, 담담하고 진솔하고 호소력 강한 유세전을 펼칠 순 없는 걸까? 삶의 이력, 의정 활동 계획 등을 단 한 바닥 지면에 요약해 진심을 전할 순 없는 걸까? 종이 한 장의 가치, 나무 한 그루의 목숨도 귀하게 여길 줄 모르는 후보에게 어찌 지역 의정을 믿고 맡길 수 있단 말인가.

그리고 보니 6·2 지방선거가 목전이다. 차량 유세, 거리 유세, 현수막 유세 등은 물론이고 선거법 위반을 피해 가는 기발한 홍보전이 속속 펼쳐지리라. 일별조차 거부당한 채 길바닥에 나뒹그러질 유인물은 또 얼마나 많을지, 아…… 수천수만 그루 나무의 팔, 나무의 다리, 나무의 허리, 나무의 장딴지, 나무의 혀, 나무의 발꿈치, 나무의 새끼손가락, 나무의 이마, 나무의 배꼽, 나무의 뒤통수, 나무의 입술, 나무의 심장…… 나무의 외마디.

발부리에 차이는 종이, 버려지는 책은 나무다. 숲이다.
보라, 나무가 운다. 숲이 운다. 지구가 운다.
아직 오지도 않은 미래의 내 아이들이 벌써부터 울고 있다.

환경운동연합 월간 『작은 것이 아름답다』